LOCUS

LOCUS

L O C U S

LOCUS

mark

這個系列標記的是一些人、一些事件與活動。

mark 165

他們沒在寫小說的時候：
戒嚴台灣小說家群像

作者：朱宥勳
責任編輯：林盈志
封面設計：簡廷昇
內頁排版：江宜蔚
校對：呂佳真
出版者：大塊文化出版股份有限公司
105022 台北市松山區南京東路四段 25 號 11 樓
電子信箱：www.locuspublishing.com
服務專線：0800-006689
電話：(02) 87123898　傳真：(02) 87123897
郵撥帳號：18955675　戶名：大塊文化出版股份有限公司
法律顧問：董安丹律師、顧慕堯律師

總經銷：大和書報圖書股份有限公司
地址：新北市新莊區五工五路 2 號
電話：(02) 89902588 (代表號)

初版一刷：2021 年 9 月
二版一刷：2023 年 9 月
二版二刷：2023 年 11 月
定價：新台幣 400 元
ISBN：978-626-7317-63-1

他們沒在寫小說的時候

戒嚴台灣小說家群像

When They Were Not Writing Novels:

Portraits of Novelists from Taiwan Under Martial Law

朱宥勳

目次

推薦序——閱讀一片星空燦爛

楊翠

這本書，很難用幾句推薦詞來定義，更難用一個標語來框定。

書的主角，是九個戒嚴時期台灣小說家，標題顯示，要勾勒的是小說家「他們沒在寫小說的時候」。但作者的企圖，顯然不只是想向我們揭露一個個小說家的生命史斷面，他更想透過這些斷面，縱橫交織，拼寫出一幅「群像」。

這個群像不是統一的，而是獨立紛錯，又彼此交涉的。宥勳將一個個小說家的故事，繡織成一幅光影紛繁的「群像」，顯影台灣文學史的某個圖面。書名《他們沒在寫小說的時候》，恰恰就是這些時候他們所做的那些事，讓這些小說家的小說長成我們現在看到的樣子，讓台灣文學成為今日所見的面貌。

這麼看的話，這部書的企圖不小。單篇來看，是一部夾敘夾議的紀錄片，全書合起來，是一部以蒙太奇手法剪接而成的大河影片。

作者朱宥勳，是編劇，是導演，是剪接師，是點評者，是說書先生。第一個看點是，他選擇了哪些小說家，從他們生命史的哪個時間點切入，調度了什麼歷史素材，拼織哪些細節，如何詮釋這些材料，評價這些事件，如何精準抓住小說家的靈魂，顯現台灣文壇的重要時間切口，如何由幾個關鍵性的點，構織擴延出一幅光影詭譎的戒嚴台灣文學圖繪。

這就是我說的蒙太奇手法。單部紀錄片與整部大河影片，是跳接的，也是相連的，你可以跳著看，也可以串著看。在這種蒙太奇手法中，標題，成為這部書的點睛所在。從書名、各篇主標題到每篇小標題，都很精準地抓住小說家的時代、性格、理想、轉折、選擇……的榫頭，並且藉著標題的扭力，達到敘事轉折、時空調度、故事轉場、劇情起伏的效果。

要達到這個由點串面，拉出縱深，拼出立體歷史圖像的效果，小說家的選擇是很關鍵的。宥勳所選的小說家，有著各自的特殊性與代表性，也有共通性。特殊性與代表性，就是他之所以是他，鍾肇政如何成為鍾肇政，陳映真如何成為陳映真，他們代表了光譜的什麼位置，選擇這個位置歷經什麼過程。共通性是他們都身處戒嚴台灣，並且都對戒嚴體制有所回應，有所作為，「他們沒在寫小說的時候」所做的這些事，都對台灣文壇產生關鍵性作用。

宥勳將這些小說家的共通性、特殊性、代表性之間的交織面寫得非常好，你可以看見他們在同樣的戒嚴體制中，選了什麼路，結果又如何。

例如，鍾肇政以近三十年時間編輯各種台灣文學選集，葉石濤也以近三十年時間撰寫文學評論，書寫台灣文學史，他們從不同的路徑實踐了宥勳所說「一個人扭轉的文學史」工程。又例如，林海音在聯副，如何讓整個文壇都是她的平橫木，走出不同於反共文學的四條路線；聶華苓在愛荷華「國際寫作班」，如何匯聚各國作家，建造「縮影了整個冷戰世界的文學小屋」。再例如，陳映真為左統理念，大半生走著崎嶇山路，而郭松棻為左派理念，走上一條無法回家的道路；兩人在面對「如果祖國沒想像中那麼好，那該怎麼辦」這個尷尬難題時，如何採取不同的選擇。

這樣就有了一個個獨一無二的點，每個點都有自己的閃光點，卻也有自己要面對的黑霧暗影，從每個點的光與影中拉出縱深，交織出立體的作家個人，立體的戒嚴台灣文學就現形了。

這就是這本書有趣的地方，以蒙太奇手法剪輯拼貼，一方面在閱讀上跳脫單一軸線的時空限制，一方面卻又有著精準的時空調度與深刻的歷史感。

然後，我要為這部書所有的開場點讚。每篇的開場，可以說是這部書最吸睛的地方，像打了spotlight，翻開每篇第一頁，起眼就是聚光燈，一開始，就抓住作家的靈魂，也抓住讀者的眼睛。

每一位小說家的故事開場，宥動都精準地選擇了最好的時間與事件的切入點，它既是小說家生命史的重要時刻，也是小說家與台灣文學史近距離對撞的關鍵時刻。

寫鍾肇政，從他一九五七年寄出一份簡陋表格，從而誕生《文友通訊》開場，寫他如何在黨國體制的間隙中，為更多作家開闢田土，擴充台灣文學的版圖。寫鍾理和，從他的小說〈手術台之前〉主角的肋骨，以及他自己一九五〇年做手術，六根肋骨被截斷，兩者的角色互涉寫起，深化「倒在血泊裡的筆耕者」聖者座標的意涵。寫葉石濤，從他自己修訂的年表上一個詭異條目寫起：一九五一年，「因事辭去永福國小教職。杜門不出，自修自學三年」（被捕入獄），然後才有小說家為台灣文學史所做的所有工事。

林海音在戒嚴台灣的閃光點，就是她在聯副十年，為不同省籍、世代、理念、風格的台灣作家擴建舞台，於是這篇的開場是一九六二年，她收到新人七等生的一篇稿件，先是為他的文字崎嶇、思路奇詭而困擾，躊躇許久，決定不修改，直接刊用。宥勳幾乎是一筆就勾勒出林海音的靈魂原典。

陳千武的開場很有意思，從他中學偷偷搭船前往日本，想到日本打天下，結果被父親請託船長，原船帶回寫起，可見作家之所以成為作家，並不都是從小立志，一往直前，此生不悔的，更可能是因為另一條路被堵住了，陳千武正是因為計畫受阻，才啟動了文學夢。寫聶華苓，開場就是一九六三年她與安格爾的相遇，全篇首尾放閃，有如一則愛情故事，但是，也正是這場世紀戀曲，才有了小說家不寫小說時所做的那些事，才將台灣文學的座標擴寫到世界。

郭松棻與陳映真的開場，更是清奇，有一錘定音的效果。郭松棻這篇的開場，一九九〇年代，美國，郭松棻晨起，反覆播放唯一一卷錄影帶，螢幕中，台北風景閃動。這個開場直接點出郭松棻生命中最詭譎的光與影，正是他與「家」的尷尬距離，他長期處身「文學史的側面」，在兩岸的另一側，回不了家，無家可回。宥勳筆下，郭松棻一直走在一條「問家」的路上，最終也沒能回到家，但正是透過這個尷尬距離所映襯出的詭譎光影，我們才得以了解，郭松棻最終為何選擇以最疏離的位置，來詮釋他心目中的「家」。

在陳映真的開場中，宥勳終於把自己也寫進來了。當然，作為本書作者，宥勳一直都在場，只是最終在陳映真這篇，現身了。本篇從兩次事件寫起，從他自己兩度被捲入關於陳映真的詮釋之爭開場。這個開場非常特別，但非常精準，畢竟，沒在寫小說時的陳映真，不就是在各種意識形態論爭中奮力搏鬥，同時也是意識形態陣營拔河的標的本身嗎？進一步說，關於陳映真的詮釋之爭，絕不只是各家的理解差異而已，而是台灣文學陣營的理念差異，更是台灣島嶼的認同歧見。這是一個文學史的課題，也是當代台灣人精神史的核心課題。

這個課題，表面是左右，是統獨，是國族認同，說到根處，其實是台灣小說家／台灣人集體對於「我是誰」、「我是什麼人」永不停止的發問。這樣的爭議，從鍾肇政的世代，陳映真的世代，蔓延到朱宥勳的世代。這不是個人私怨，不是集團恩怨，而是台灣人在歷史過程中的共同命題。

這就是我為什麼會說，這本書顯影了立體的、繁複的戒嚴台灣文學群像／圖像。如果閱讀這本書，我們還是陷入對於個別作家的歷史詮釋、歷史評價、歷史定位的爭論，還是只想爭出輸贏對錯，爭到一個為他們寫定唯一墓誌銘的權力，將他們釘在文學史光譜中的固定位置，那就太low了。

對我而言，這部書最動人的地方，不是這些作家執著於理念的那一刻，而是他們在關鍵的時代中與自身生命轉折點，如何躊躇、盤桓、堅持、折衝、虛應、妥協，如何做出各種選擇，那種內在心理劇場的轉換，以及與外部體制對撞所產生的張力。

宥勳要說的是，他們也可以有別的選擇，或者，他們其實已經做了別的選擇，但我們長期把他們簡化了、單面化了。

對我而言，宥勳不是試圖在挑戰什麼，而是試圖還原更多血肉，指出更多複雜性與多面性，他不願僅僅附音於「正史」。他選擇從側面，從側面的側面，在平行時空的另一方，演繹作家的各種可能性，而不是一個被主旋律糾正後的正典或範本，這才是最精彩的地方。

所以，我要邀請讀者一起閱讀的，除了書中九位小說家，他們不寫小說的時候，如何投擲肉身，為台灣文學闢造一方方麗園，還有為你們說故事的作者朱宥勳。他從一開始就把這本書定位為「評傳」（雖然我覺得這本書超過「評傳」的意義），小說家點評小說家，把自己也寫進去，把自己的思想路數、思考理路、情感流動，誠實地曝現在讀者面前。

你可以讀到他的精準、犀利，也可以看見他的冷靜、清醒，然而，最能撼動我的，是他的溫柔。

被稱為新生代「戰神」的朱宥勳的溫柔，是這本書中最閃亮的一束光。這不是我的浪漫或溢美。你看他寫鍾肇政不只想到他自己、鍾理和不再只是他自己，寫葉石濤終生布局，林海音平衡文壇，陳千武跨語淬鍊，寫聶華苓愛在冷戰蔓延時，寫郭松棻把自己拋離在回家的路上，字語間都縈迴著溫柔的底蘊。

我說的溫柔，不是所謂「同情的理解」，當然更不是浪漫情懷的投射，而是一種更澄澈的理解。宥勳穿透了時代，穿透了體制「結構的沙塵暴」，參透了作家在特定時間中的特定抉擇與行動。他寫出的，不是一尊尊文學之神，不是一篇篇銘刻入石的墓誌銘，而是還原了小說家的肉身，以及他們靈魂中光影交織的那些時刻。

對我而言，全書最能體現宥勳的真誠與溫柔的地方，是寫陳映真那篇。這一篇，是全書篇幅最長，寫起來最困難的，挑戰最大，「命要很硬」才敢去寫。作為曾經因為對陳映真的詮釋而被捲入黑函、網議，被貼上無數標籤的當事人本身，宥勳恐怕命要更硬，覺悟要更高。

也就是在這一篇，宥勳沒有採取前面諸篇那種比較抽離的寫法，反而選擇直接現身，把自己也寫進去。這就是他的真誠與透明。從「對這一切，我覺得萬分疲憊」，「覺得說什麼都是無聊」，到這本書仍然選擇書寫陳映真，仍然真實地說出自己的看法，不迴避，不矯情，不媚俗。其實他也可以不做這個選擇，不去沾惹爭議，溫良恭儉讓地說故事就好。

然而小說家陳映真最終還是出現在這本書中，作者朱宥勳也主動現身在文章裡，原因很簡單，因為，這個世界從來就「不只是乾癟的立場二選一而已」。即使陳映真拒絕被冠以「台灣文學」的標籤，但台灣讀者如朱宥勳，如朱宥勳的讀者們，仍會持續閱讀陳映真，以及其他陳映真們、鍾肇政們。

因為，閱讀文學有更奇幻的地方。它更像是手持啟航器，被啟動的，是作者，也是讀者。每一個讀者，都可以透過閱讀，啟動自我，向各方航程前行，像一片星空燦爛。

這是因為文學的本質，從來都不是為了認祖歸宗，抱團取暖，更不是為了鄙棄他人之顏，杜絕異者之聲，而是為了豐滿想要自由飛行的靈魂。

推薦序——矯健的戰鬥小詩篇

張亦絢

《他們沒在寫小說的時候——戒嚴台灣小說家群像》，若加上附錄的七等生，一共收錄了九名台灣文學人的傳略——其中包括了應該會因此感冒的陳映真。這些人物多半都可以在目前的台灣大百科上找到詞條，沒有一個名字，是略識文學者不知的。甚至可以說，每個都是文學史上赫赫有名、驚動萬教的人物。

但這樣說，真的對嗎？

朱宥勳在開篇〈因為鍾肇政不只想到他自己〉釋疑了，他以二〇一五年的新聞開場，在那一年的桃園市議會裡，市議員針對「鍾肇政文學獎」的活動，這樣問：「這個人是誰呀？」——「這個人」！你是不是連〈魯冰花〉都不會唱啊？我當時氣惱地回嘴。雖然我隱隱感到這個事件凸顯了某種危機，但並沒有多想下去。

這大概是相較於其他人，宥動最大的不同——他不但對危機的感受敏銳，而且還是「心痛，不如馬上行動」。

在台灣最近出版的鄂蘭著作裡，我看到翻譯者對行文中，「文學」與「行動」兩個詞被放在一起的猶疑，因為我手上沒有鄂蘭的原文，所以我並不打算針對翻譯討論，而只是馬上想到，「藝術作為行動」這種表達，在哲學與藝術史上已經慣見，同樣地，「文學作為行動」，當然可以成立。

行動不是指跑來跑去。寫文章，出版書，最重要的，在世界上投擲有可能促成改變的契機，這是文學與行動共享的核心。在「文學作為行動」這個表達裡，並不是任何行動都算文學，也不是任何文學都有行動的高度——以這個表達衡量文學，並不是開方便之門與放行諸事。而我幾乎是雀躍萬分的，發現《他們沒在寫小說的時候》，無論就其寫作初衷，或是內容旨趣，在在都無愧於「文學作為行動」的美學精神。傳略只是最表面的形式，這本書真正嘗試處理的，正是「文學如何成為行動」的命題。所以，就算我們對文學前輩的生平並不陌生，甚至能夠對其作品信手拈來，都不構成錯過本書的理由。

不過，仍讓我們從最表面的層次開始。我一向對作家生平，採取相當程度抵制的態度。原因在於，我認為保衛作品應該占據首要地位，超過一分鐘的生平講述，就會令我憂傷，覺得占去認識作品的時間。但我知道，在現實中，眾人多半仍然喜歡聽生平。一看到書名《他們沒在寫小說的時候》，我就笑了，想「完蛋，要跟宥勳吵架嗎？」——可我也同時產生了滿滿的激賞之情，覺得這個開宗明義甚妙，「如果既不聚焦在作品，也不圍繞在書寫過程，小說家『不太小說家』的面向，都是些什麼？為什麼？」

——過去我對宥勳有個實實在在的佩服，就是「他不只是說說而已」。每回我在報章上讀到他發什麼願或提什麼點，我當下反應都是「這大概是個隱喻或意思表示吧」——但隔段時間，就發現他具體實踐了。這本書的有趣之處也在這，他真的相當嚴守他自己訂出來的遊戲規則，甚少解析作品，也不細數榮光，他說要給出「沒寫小說的時候」，他就真的給了。

他筆下的小說家們，確實「沒在寫小說」——然而，這卻不是以唱反調，用標新立異來稀釋文學成分的那種書——它令我想到張惠菁寫《楊牧》、賴香吟寫

《天亮之前的戀愛》、莫洛亞的《屠格涅夫傳》，甚或褚威格一系列為文化人物作傳的精彩作品如《三大師》等——褚威格的筆力縱橫，要相比彷彿令人吃驚。然而，褚威格畢竟是老派的文化人，他的書寫固然是對文化惜之愛之所發，但對於文化、社會與讀者的想法，仍有某些限制。我私心以為，如果各個方面都考量了，宥勳反而不無小勝。

於是我就這樣洩了自己的底——原來妳不是不讀作家生平？我願意再說明清楚，我看似偏激的立場其實是：不以讀作者生平為優先，不過——好的作品絕對是例外。

我以為，從《他們沒在寫小說的時候》就可以析出幾個「有價值的生平傳述」特質。副標題很清楚的界定，「戒嚴台灣」是這群小說家的時空背景。這種特殊性，許多當代的年輕讀者未曾親歷。這一時期的文學，暫時不論「天真快樂擁護政府」的那一塊，經常充滿了悲苦。在語言、省籍與政治嚴重不平等的社會環境裡，書寫不但會使人有牢獄之災，連性命也受威脅。這種不堪回首的時期，訴說的筆調總是難脫抑鬱。雖然我對「時期與文學」這類主題研究很少，我仍然想到幾個，比如東歐在冷戰期的「掛鎖文學」，日本一九三二年起大量逮捕左翼作家直至一九四五年之類——敷衍地說，「有些作家就是生不逢辰」，但不敷衍地說，歷史上的「文學倒大楣時期」，實在必須認真以對——忘記這些時期，我們就是只站在花開富貴的那一邊看待文學。這種成王敗寇的「出頭主義」視野，不但極度缺損傾斜，可能也是不義的延長。

不過，如果以為宥勳這本書，又要彈悲傷的老調或充滿道德寓意，那我們又錯了。基本的政治與歷史分析，他沒有輕忽。但我認為，他是以一種「戰鬥小詩篇」的靈活飽滿，在喚起那段沉重的記憶——說「小詩篇」，並不是指輕薄，而是指無論在架構或行文上，都採取了精兵的矯健身手。

這裡我想稍微岔題，來談一個未必是這本書預定、但意外有啟發的向度：那就是它對思考「表意少數」文學發展可能的幫助。

簡單來說，表意少數並不是人口的少數，而是因為歷史結構或政治迫害，導致不能在文學或任何與表達相關的領域中，享有成比例詮釋權的族群，通常「表意少數」的例子會舉女人、同志或勞工等。然而，戒嚴時期的本省人，或說在政治高壓下的異議者，其實也在一定程度，經受著表意少數所會面臨的挫折與挑戰——宥勳細數了具有黏力又深藏不露的鍾肇政、孤獨卻堅不放棄的鍾理和、謀定而後動的葉石濤……這些交織著斡旋與反抗的人格，固然對所有人都有砥礪的效果，但對表意少數族群來說，可能除了砥礪，它也是迫切需要得到傳承的非正式知識與資源。——文學不是只與天分或努力有關，非正式資源（包括心理與判斷力等）有多關鍵，本書提供了大量的線索。

書中亮點眾多，即使台灣文學史彷彿快說爛了的「語言問題」等，宥勳仍然能夠灌注巧思，重新擦亮磨利我們的感性，使我由衷感動與感謝。

《他們沒在寫小說的時候》，細數了不少「公開的祕辛」——說「公開」，是因為來源或有研究與出版的證言，並不是掏挖什麼個人隱私；說「祕辛」，在於這些事實，進入一般讀者與文學人的意識中，通常不夠明朗，所以當它們被明白指出時，往往就帶有爆破感。

這當中，寫聶華苓而觸及ＣＩＡ與文學活動的非公開關係，寫對左統至死不渝的陳映真與台獨大老辜寬敏的「幾有過從」，可說極具代表性，充滿暗湧般的戲劇張力。

作為優化的文學教育普及書，陳述並點出這些並不完全甜美，也不成色純粹的細膩處，對不簡化地認識文學，可說已多所建樹。然而，除了這兩組故事本身的複雜性，我仍微微感到，似乎仍可能尋找更結晶化的論點，來處理左右派在台灣的歷史，以及結盟援助政治的倫理。雖然陳映真可能真的有被黃華成氣到，但左派也並不完全都是讀遍左派書才會形成。左派史家霍布斯邦等人，都因為終於得知統治實情而與蘇聯政權決裂，但並不否定構成他們基本信念的左派文化。在陳映真身上，那個獨立性與折返點(令人費解地)沒有出現。也許仍可以問的是，為什麼他沒有與本土的左翼(人數太少嗎？彼此太不會交朋友嗎？白色恐怖令其發展不良嗎？)發生更密切的聯繫，也沒有成為生根於台灣，不依傍權位的左派人。

——這兩處書中的點到為止，可以是教育方法學上的不躁進，也可以是文學史上的待深掘——若是前者，這也是必須非常肯定的考量；若是後者，它使我們可以繼續共同努力——這都是這本集膽識與才情的小書，送給我們的厚禮。我忍不住想說：小朱同學，你這次拿了金牌。

推薦序——銘刻故事的故事

盛浩偉

當代的文學，無所謂正統，並沒有單一一種美學品味、價值觀、目的，能夠統御所有作者與作品。然而當代的文學在乎傳統——複數的傳統——在乎它各自從哪裡來、想往何處去、師法了誰、革新了誰、與何者同列且關心相近的課題，或者與何者劃清界線，在理念上彼此抗衡。依違在這樣的向心與離心，追尋與脫逸的張力之間，傳統愈見明晰地被意識到，進而被建立，文學作品才取得各自的定位。朱宥勳《他們沒在寫小說的時候：戒嚴台灣小說家群像》，一方面描寫了前輩作家在這段搏鬥歷程中的眾身影，同時，這本書自身也是這種搏鬥的實踐之一。

時至今日，我們已經不能再天真地認為，作家和作品就等於文學的一切。當然，作品本身有其無可取代、不能忽略的重要性，而沉浸在作品的內在世界、品賞一位作家的表現與風格，也是文學鑑賞最迷人的地方；然而，更多時候，作品生成的時代背景、作家身處的社會外在條件，才是造就其之所以重要的原因所在。尤其，台灣的曲折歷史，帶來了無論在經濟或文化乃至話語權上，各族群的長期不平等，波及至今。為什麼我們需要知道作家「沒在寫小說的時候」？正是因為在那樣的時空當中，對某些特定的作家來說，就連寫小說這樣一件單純的事情背後，都有那麼多不為人知的複雜得先克服，都必須費盡好大的努力，才可能撐開一點點容身的空間。而朱宥勳之所以對於這樣的傳統念茲在茲，恐怕是因為，即使我們現在已看似逐漸遠離過往的歪斜歷史，但這些故事卻沒有被廣為述說、被大眾所記得，或者，是只有片斷流傳。

舉例來說，客籍作家鍾理和，在各版本的國高中國文課本中，仍多有選錄，是少數進入正規國文教育體系中的台灣現代文學作家之一，而學生也大多得要記住他「倒在血泊裡的筆耕者」之名。但鍾理和「倒在血泊裡」的事蹟，不光是自身境遇差的結果，更有其深層的時代與文壇結構因素。在本書〈鍾理和不再只是他自己了〉當中，就述及了鍾理和的《笠山農場》如何在反共文學盛行的年代裡大放異彩，又如何受到國民黨相關單位（不知是無意或刻意）的輕視忽略。鍾理和要面對並與之奮戰的，一直都不只是他自己的壞命運與病魔，更是戰後國民黨統治的戒嚴情境，以及當時沒有文壇人脈的本省籍出身、不符合官方反共立場的創作動機。一如朱宥勳所言，後者其實正是「最能體現台灣作家所面對過的困境、所付出的努力的象徵」。又或者，教育體系中談到現代詩，往往更關注現代派、藍星詩社、創世紀詩社等，若提及本土的笠詩社，則只多加以「寫實、鄉土」的標籤；但是正如〈煞氣a被殖民者陳千武〉中提及的，笠詩社早在戒嚴時代，就與日本有頻繁的交流，具備著國際化的視野。

書中也不逃避爭議敏感的部分，壓卷的兩個篇章，透過郭松棻與陳映真這兩位本省籍的左翼立場者，大膽而細膩地處理了統獨議題，同時折射出台灣社會氛圍的變化，值得細讀。此外，這本書中也記下了過往流傳在台灣文學系所師生口耳之間的故事，例如葉石濤回應學者對《台灣文學史綱》之批評的那句：「你們搞清楚，我是寫小說的耶！是你們這些學者不敢寫，才讓我不得不出來寫」——

是了，台灣文學一方面有藝術至上的現代主義一脈，但另一方面，也有許許多多因著歷史情境、政治環境的「不得不」。《他們沒在寫小說的時候》所揀選的，正是這另一條的傳統。這「不得不」並非忽略文本的藉口，相反地，認識並理解之後，那才真正是通往作家苦心的密道、開啟作品內核的詮釋之鑰；是這些在小說之外的「故事的故事」，賦予了作品另一種層次的意義。

文學一向是單純，卻又沒那麼單純的一件事。只要有人寫下，文學就會存在；但就算有人寫下文學，它仍舊可能被輕視、被遺忘、被束之高閣，而寫下它的人，也可能因此掏空自我，卻沒有獲得任何回報。這毋寧是悲劇。要盡力避免這樣的悲劇頻繁發生，就需要有人付出心力，做些什麼。這是列於這條「不得不」傳統當中的作家及作品們，有深刻體悟並付諸行動的事；而我私心以為，這也是朱宥勳沒在寫小說的時候，總是努力在做的事情。

他演講或授課，不斷推廣台灣文學作品與歷史知識，或是在YouTube上以深入淺出的方式，把文學的分析方法帶給閱聽大眾，或者更根本地，直接參與課本編輯，在高中國文領域裡深化現當代的文學教育。他曾創辦《秘密讀者》電子書評雜誌，亦不輟地進行各種文學評論，也統籌台灣文學館的展覽文案內容。二〇二一年六月至七月，疫情肆虐，人心浮躁期間，他持續在語音聊天軟體Clubhouse上進行「台灣文學X日談」的活動，以淺明易懂的方式講述台灣文學史，從古典文學一路談至七〇年代的鄉土文學論戰，聽眾不只在台灣，更來自香港、澳門、中國、加拿大等世界各地，累計收聽人次破萬，是極為罕見而珍貴且成功的台灣文學大眾推廣活動。這些「沒在寫小說的時候」的故事，精彩程度早已可以媲美一篇好小說，絕對值得記上一筆。而這本書由他來寫，更是再適合不過。

在幾年前的某篇文章中，我曾寫道：宥勳像是「自己努力搭了一個舞台，然後想把更多人都邀上來。不，與其說是舞台，宥勳毋寧更像是一輛容得下這時代所有好作品與好作者的列車，而我也相信它將持續載著大家穩穩地一站一站，駛往文學的遠方」。現在看來，宥勳所搭建的舞台——或說這輛列車——不僅更加穩固，且又多了歷史的縱深。我享受它展示的視野，也期待未來仍會有如此精彩的風景。

謹以此推薦本書。

朱宥勳

他們沒在寫小說的時候

戒嚴台灣小說家群像

When They Were Not Writing Novels: Portraits of Novelists from Taiwan Under Martial Law

新版前言——遙遠的回音

二〇二一年七月，《他們沒在寫小說的時候》初次定稿。這本前前後後寫了五年多的書，總算到一段落，心情自然輕鬆不少。而就在那個時候，我接到了一份與鍾肇政有關的新工作——一份時限非常緊急的工作。

鍾肇政的公子鍾延威大哥，正在主編一套《新編鍾肇政全集》。早在我的學生時代，桃園市政府就已經出版過一套《鍾肇政全集》。但當時的資料沒那麼齊全，許多書信、文稿都尚未出土，因此有必要以一套《新編鍾肇政全集》收錄進去。編全集，是經典作家研究必備的「基礎建設」，自然是功德無量。而編鍾肇政的全集，其辛苦之處更是在一般作家之上。他可是真正在物理意義上「著作等身」的人，創作、翻譯、書信、散文、評論通通疊起來，真的可以有一個人高。

這消息自然讓我很振奮，《他們沒在寫小說的時候》這本書的每一篇作家故事，都是依賴這樣的「基礎建設」才能寫成的。誰知道這次的「新編」又會有什麼新細節？但隨之而來的工作邀約，卻讓我有點猶豫。編選團隊邀請我，為《新編鍾肇政全集》的第三十七冊撰寫一篇解說，幫讀者補充閱讀脈絡。第三十七冊！我甚至不敢問整套下來到底有幾集。而我收到的第三十七冊，是超過一千頁的書信集，收羅了鍾肇政寫給幾十位文壇人士的信件。

這工作意義重大，又能先睹為快未發表信件，我當然求之不得。但問題是，由於一些行政上的安排，截稿日有點緊張，我必須在兩、三週內寫完這篇解說。

我很猶豫要不要接。

最後，想盡快讀到這批信件的渴望獲勝，我咬牙接了下來。那一陣子我過得比書稿截止前還緊張。只要一有空檔，我就鑽進一千頁的電子檔裡。對我這樣的讀者來說，這批信件真的滿好看的——你會看到鍾老平常的工作習慣，看到他們編刊物或辦文學獎的流程，也會看到許多前輩作家的八卦。比如某總編聽說某雜誌要做一種專題，就把企畫偷去先做掉的啦；比如某作家答應要翻譯日文小說，結果日文不好，寄過來的稿子整份都要重譯的啦……如果沒有時程壓力，這會是一趟驚喜連連的閱讀旅程。我剛寫完《他們沒在寫小說的時候》，對戒嚴時期的文學史料記憶猶新，這使我更能夠「破譯」書信裡提到的每一個隱晦的人名、事件。一般讀者可能看不出誰是誰，但我讀來卻是一道又一道難度適中的謎題：啊，原來鍾老在講這個人；原來那件事背後還有這樣的心思……。

經過十數天的搜讀，我來到了第三十七冊的最後幾頁。這本選集依照寄信時間排序，最晚甚至有鍾老九十多歲寄出的信函。我信心滿滿的破譯之旅，也就在這裡遭遇挫折。在鍾老寄給聯經副總編輯陳逸華先生的信件裡，我讀到了一段百思不得其解的文字：

真是喜出望外，你寄來的朱君大作亦已拜讀了。謝謝你的過分的揄揚，有不少人令我臉紅的過譽，真是不敢當啊！

我既困惑又氣餒：這個「朱君」是誰？我在心底翻了三番，怎樣也想不起這麼一號人物。總不可能是朱西甯、朱天心這一家子吧？看場合和語氣也不像。莫非我用功不夠，還遺漏了這麼一位鍾老有所往來的文友？

為求更多線索，我回頭確認這封信的日期：二〇一六年一月。這麼近？難不成會是我也知道的同代人？

等一下……二〇一六年?!

本書的第一章〈因為鍾肇政不只想到他自己〉發表於二〇一五年十一月，這也是本書寫作計畫的起點。當時，這篇文章發表於網路媒體上，因此我下意識覺得「鍾老不可能讀到」。莫非……其實早有別人把文章印給鍾老讀過了？再往下，鍾老在同一封信裡面寫道：

函寄來的朱君大文也拜讀了。他對台灣文學的研究，可以肯定是相當深入的，我很欽佩這位年輕朋友的努力，也感謝他對我的一些過譽。我肯定他對台灣文學的研究，已經可以稱為專家了。這種努力極難能可貴（因為要看很多書）請轉告老朽的欽佩與欣賞，可以預見一個台灣文學理、評論家不久就出現了。請替我謝他，並鼓勵他，我萬分期待著。

這是鍾老一貫謙遜的筆調。如果他真是讀到我那篇文章，確實是一定會說「過譽」的。更重要的是，從時間和事件脈絡來看，那個讓我認不出來的「朱君」，真的很有可能就是我了。鍾老通信的對象陳逸華先生，也確實和我討論過這系列的文章。除了鍾老的謬讚之外，這道「最後的謎題」，事實似乎已經很明顯了。

當天晚上，我對著這封信發了好一陣子的呆。《他們沒在寫小說的時候》系列，就是因為桃園市議員質詢「鍾肇政文學獎」，說出「鍾肇政是誰啊，他很有名嗎」這句話，才讓我起心動念，要寫下台灣前輩作家的文學生涯。這是一切的開端。但我並沒有想到，鍾老原來早早就讀到這篇、我以為只在網路上流傳的文章了。而就在我終於寫完這本書，把稿子交出去之後，我竟因為一樁意外接下來的工作，收到了這道遲來的、遙遠的回音。

鍾老已於二〇二〇年逝世，但他的回音並沒有散佚。彷彿就是專程來告訴我：嘿，你書稿寫完啦，那，有件事要讓你知道囉……！

大學參加寫作團體之後，我和幾個朋友三不五時都會把「文學之神」掛在嘴上。但這一刻，我真真切切感覺到，如果真的有神，這必是祂安排的吧。從文獻裡，我多次讀到鍾老如何溫藹善待文學後輩。但我沒想到的是，即便連我這麼遙遠的世代，都能親身體會到鍾老的熱力。

當我把上述故事分享到網路上時，陳逸華先生也留言說明：原來那段時間，他和鍾老通信時，都會把網路上提到鍾老的訊息印成紙本，讓鍾老過目。當然，也就包含了我的那篇文章。陳逸華先生又說：「我這是先斬不奏，鍾老的回覆，總覺得不好越俎代庖。好，阿公自己告訴你了。」

《他們沒在寫小說的時候》出版之後的種種驚奇，大致可以用這則故事為代表。最初，我只是有點不甘願「這些事情怎麼可以沒人知道」，憑著這樣一股意氣把文章寫完。不料成書之後，我竟然得到更多機會，去親身接觸那些「更靠近歷史的人們」。不只是鍾老，這書中的每一位作家，他們的親屬、後人、朋友、研究者，都以某種方式帶給我很大的幫助。許多讀者因為我寫了這本書而向我道謝，我總是慌忙「澄清」：真正值得感謝的，並不是轉述故事的我，而是親身活出故事的他們。他們沒在寫小說的時候，也每分每秒用自己的生命，創作出第一流的小說。從紙面到現實，他們都不愧於「小說家」的頭銜。

而今，《他們沒在寫小說的時候》在讀者與出版社的支持下，迎來全新改版。我自然與有榮焉、也萬分感激，但我更高興的，是這些故事能夠繼續在時間的大河裡航行下去。回音永不嫌遲，也永遠不辭遙遠。在這篇新版序言的最後，我想起一九七八年葉老寫給鍾老的一封信，葉石濤氣餒地寫道：「貧窮而無寧日，心情空虛、寂寞至極。你、我是否要奮鬥到最後為止呢？」

鍾老是這樣回的：「『你和我會一起努力到最後嗎？』你在說什麼呢？當然要努力啊。你看我還是這樣意氣軒昂呢。」

我不知道「最後」會是什麼時候，但我會一直記住這些話語。

一——因為鍾肇政不只想到他自己

二〇一五年，桃園市文化局舉辦了「鍾肇政文學獎」，以桃園出身的文壇耆老鍾肇政命名。這既有尊崇作家之意，也以文學獎這種拔擢文學新人的體制，展現了「傳承」的意味，本來是美事一件。不料在當年年底，國民黨籍的桃園市議員呂淑真在市議會質詢時，質問官員為何要替「鍾肇政」辦活動。呂淑真毫無遲疑地質問：

「這個人是誰呀？還在嗎？」

「吳伯雄也很有名啊，你們怎麼都沒有辦他捏？」

一位國民黨籍的市議員有此發言，既讓人意外，也讓人不意外。這種發言引起了廣泛的撻伐，也是理所當然的。但在眾人排山倒海的罵聲之中，我卻突然感到一種不安與寂寞。我看著出言駁斥呂淑真的各方人馬，腦中升起了一個令人尷尬的提問：

所以，這些大聲聲援鍾肇政的人，是真的都知道「鍾肇政」這三個字的意義嗎……？

呂淑真不知道，國民黨不知道，這我很肯定。但是，站在台上努力應對質詢的文化局官員都知道嗎？在臉書上轉傳此事的我的朋友們，都知道嗎？我當然沒有傻到公開質問大家，去做這麼殺風景的事。我早就知道答案了。這是台灣文學共有的答案，就算把「鍾肇政」換成「葉石濤」、「鍾理和」或「聶華苓」都是一樣的。既然如此，重要的就不是質問別人，而是寫一份我自己的答案，並且用這份答案，來覆寫掉那本不應空白的記憶區塊……

於是，就有了這篇文章，以及你手上的這整本書。

戰後的第一聲心跳

一九五七年，青年鍾肇政把幾張裝在信封內的簡陋表格投入郵筒，寄去給當時他生平僅知的幾位本省籍作家的時候，包含他自己在內，都並不知道這個小動作真正的意義是什麼。或許對鍾肇政自己來說，用他自己小說當中那個時常出現的純情少年腔調，最能傳神表達那一刻的心情：「因為……寂寞吧。」

一九五〇年代的龍潭，大概真的就是這麼寂寞的。當時，像他這樣本省籍的、有文學夢的青年，所面對的環境極端惡劣。首先，他們是在日語教育底下長大的一代人，雖然有很優秀的日文讀寫能力，但在戰後語言政策的封殺之下，這些才能全然無從施展。其次，當他們靠自己的努力學了十多年「國語」，試著在一九五〇年代末期開始投稿的時候，等於是運用「外文」來進行文學創作。他們不但要通過更為熟悉「國語」的外省編輯把關，更要與外省作家競爭，於是每一個人都有著長長的退稿履歷表。相較於有資源、有組織、有國家力量扶植的主流文壇，當時的本省籍作家不但什麼都沒有，甚至說出「本省籍作家」這個詞，恐怕都會引起時人訕笑。

多年以後，鍾肇政在〈蹣跚履痕說從頭：卅五年筆墨生涯哀歡錄〉回憶自己初初投稿的時刻，寫下這麼一個場景。他看到報紙上有一則徵文啟事：

面對這一則徵文啟事，當我躍躍欲試起來之際，我的第一個反應是我應該也可以寫一篇文章「投稿」，參加這項比賽。然而，我同時也面臨一個困窘：「有格稿紙」究竟是怎樣的東西呢？又為什麼非用此不可呢？那時，我住在祖傳的家裡，在一隻古老的書櫥裡我翻找到一疊「原稿用紙」。於是我做了一個大膽的決定：我就來試寫吧，然後用這分明是日本式的「原稿用紙」來填寫，投稿。

多想一秒鐘，你會發現這段裡的每一個細節，都帶有隱喻意味。「有格稿紙」是戰後中華民國文壇體制的隱喻，「原稿用紙」則是日治時期文學傳統的隱喻，鍾肇政「祖傳的家裡」，沒有前者只有後者。鍾肇政說，自己拿後者來投稿，是「大膽的決定」——不過是換一種紙，哪裡有什麼大膽的？但我認為，這裡的「大膽」或有微言大義：鍾肇政以自己日治時期文學傳統的基底，試著到戰後的中華民國文壇闖蕩，這件事是大膽的。

然而，這是鍾肇政寫作三十五年，已經能夠撰寫回憶文章的時點，所回看的「大膽」。但在青年鍾肇政動筆的當下，一切看起來都還十分絕望。那時的他也還不知道，他本人正是文學之神送給台灣的一份大禮。在我看來，鍾肇政最值得稱道的一點，並不只是他等身的著作，而是他在創作以外，深遠影響了台灣文學史的「事功」——那些為本省籍作家拓荒、整地，頂起一片天的努力。就在一切荒蕪的一九五〇年代，同世代的本省籍文學青年還在跟「國語」纏鬥，努力突破省籍資源分配不均的困境時，鍾肇政是其中極少數擁有「大局觀」視野的一位：他不只想如何寫，更發現單打獨鬥不是辦法，要把有同樣困境的大家組織起來，一起想辦法寫得更好。

於是在一九五七年，他想盡辦法「搜刮」出一份「本省籍作家清單」——從比較嚴苛的觀點來看，說這些人是「作家」其實有點心虛，因為他們之中有好幾人當時都還沒出書，只是發表過作品而已。即使在這麼寬鬆的標準下，鍾肇政初期能聯絡到的也僅有十人上下。他從自己龍潭的書房寄出第一封信，邀請這些人一起組成一個文學團體，互相交流。

包括他自己在內，當時沒有人能知道，這封信將是戰後台灣小說界的第一聲心跳，有些什麼東西誕生了。

他收到了六封回信，這六個按讚的人是：陳火泉、廖清秀、鍾理和、李榮春、施翠峰、文心。數月後，還加入了許山木、楊紫江兩人。他們這九名散在全台各地的文學愛好者，共同組成了一個短命、脆弱、但意義重大的文學團體「文友通訊」。而它的運轉核心就是鍾肇政。這是首度有本省籍作家集結起來，一起討論問題、切磋文學技藝的團體。任何嘗試過創作的人都一定知道，這對還在投稿退稿階段的寫作者來說，是最重要的支持系統。

他們討論作品的方式非常原始：他們擬定了一個「輪閱」順序，由當期負責輪值的人寄出作品給輪閱名單上的下家，下家寫下作品意見寄給鍾肇政後，再把同一份作品寄給下下家，如是反覆，最終由鍾肇政匯集眾人意見，刻鋼版、油印、寄給所有人。在那個沒有網路也沒有影印機的年代，他們就透過這種A傳給B傳給C傳給D，最後由E彙整意見傳給大家的方式，開了一年多的紙上讀書會。這批信件現在已全部發表在《台灣文學兩鍾書》一書當中，我們從中可以看到他們的困境和相濡以沫的感情，那是生存處境不同的外省籍作家所無法理解的掙扎歷程。

鍾肇政的書房

從「文友通訊」開始，「鍾肇政的書房」啟動了。熟悉台灣文學的人，想必知道著名的「林海音的客廳」，那是早年「聯合副刊」主編林海音款待作家的地方。由於她的品味、公正和「半山」的身分，一定程度上調和了本省作家和外省作家之間的衝突，拉拔許多作家，特別是在當時幾乎找不到發表處的本省作家。但我認為，以資源的困蹇程度和「事功」之豐厚來看，「鍾肇政的書房」這個空間，其重要性更是有過之而無不及的。

鍾肇政本人超愛寫信，數十年來，他總是同時跟很多作家開小視窗。比如前述的《台灣文學兩鍾書》就是他和鍾理和的小視窗結集。

從這些信件當中，我們可以看到鍾肇政這個人和其他文學創作者最大的差異：本質上來說，文學創作是一種非常個人的事業，它所有活動的核心就是「努力寫出好作品、站穩文壇、然後在文學史上留名」，文學創作者進行這一切活動

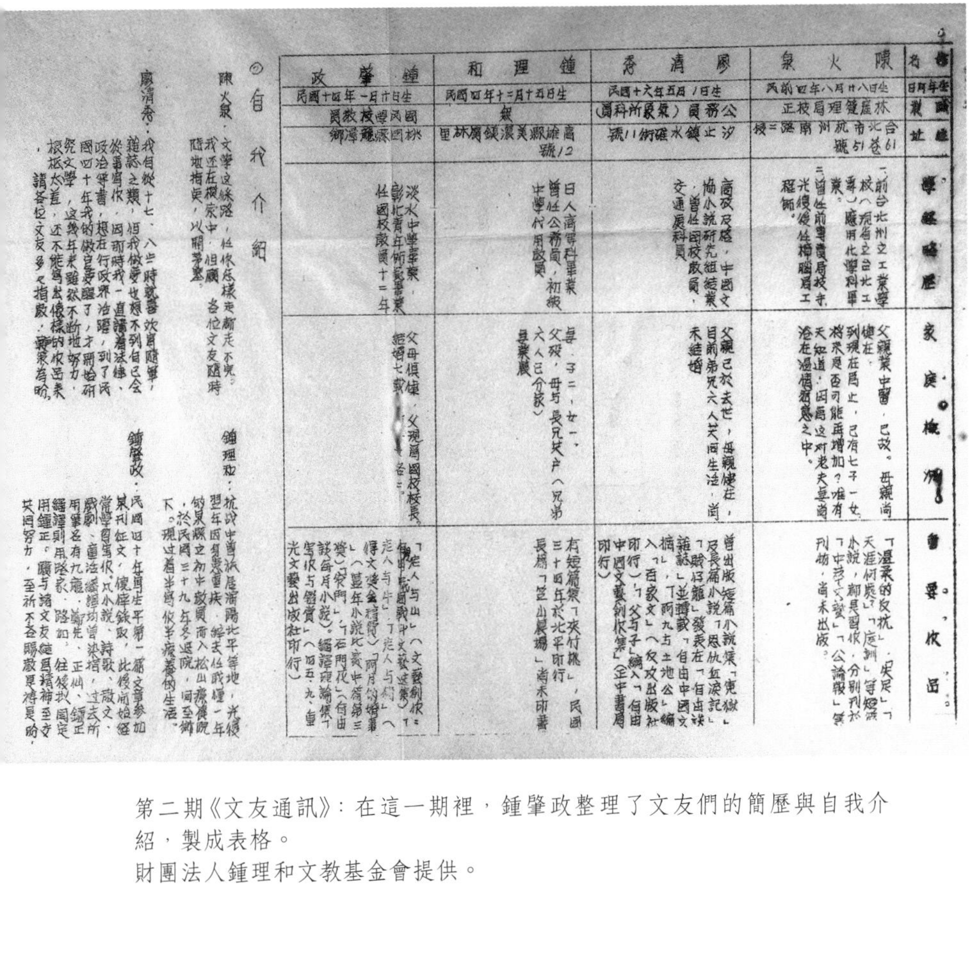

第二期《文友通訊》：在這一期裡，鍾肇政整理了文友們的簡歷與自我介紹，製成表格。
財團法人鍾理和文教基金會提供。

的時候，基本上都只想到他自己。但鍾肇政是一個比較特別的人，他「把大家組織起來」的大局觀讓他除了努力創作之外，也做了很多從現在的眼光看來，幾乎是「作家經紀人」的事務。

比如和他並稱「南葉北鍾」的另一位耆老小說家葉石濤，雖然早在日治時期就出道，但後來遭遇白色恐怖的牢獄之災，發展更不如鍾肇政順遂——如果鍾肇政能算「順遂」的話。因此，在葉石濤一九六〇年代重返文壇，重新開始投稿的一段時間，就有不少稿件是鍾肇政幫忙轉投或出謀策劃的。同樣被鍾肇政「經紀」的還有鍾理和。由於鍾理和身體孱弱，無法離開美濃山裡的家居，所以幾乎所有的稿件都是寄給鍾肇政，由鍾肇政找合適的刊物投稿，刊出後再寄回稿費和剪報。從他們的信件往返中，我們會看到鍾肇政如何安撫懷才不遇的鍾理和，如何為他擬定投稿策略（「某刊物最近對本省籍作家比較友善，也許可以嘗試……」）。

乍看之下，這似乎只是一段深刻的友誼，但要知道：當時，鍾肇政自己的稿件也並沒有多受到文學刊物的信任，每一篇他幫別人投上的稿子，就等於是排擠自己刊出的機會。因此，這完全出之於「把更多同伴帶起來」的無私意志。

最經典的案例，當屬鍾肇政的長篇小說《魯冰花》獲得「聯合副刊」採用，開始連載的時候。那是本省籍作家第一次可以在主流文學刊物上連載長篇小說（而那還是因為投稿之時，剛好遇到某外省作家開天窗才替補上的……），無論就歷史意義還是實際的名利來說，都是值得慶祝的大事，正常人應該撒花就撒不完了。但鍾肇政不是正常人。《魯冰花》獲得採用的第一時間，他立刻寫信給他認為更有才華的朋友鍾理和，告訴他：這篇連載預計在某月某日結束，如果你能在那之前寫完一個長篇，我就幫你投給「聯副」。

「我們一起把這個陣地占領下來。」

長頸鹿都要哭了，他真的不只想到他自己。

在文壇上構築本土陣地

時間繼續推進，越來越有影響力的鍾肇政，在文壇上站穩腳跟了。作為一名作家，他幾乎可以算是聲名鵲起，穩健地踏上了文學的道路。但是，他並不以此為滿足，他真正的文學夢從來都是包含全體本省籍作家的。

鍾肇政開始試著在文壇上，構築本土派的文學陣地了。

一九六四年，日治時期的前輩作家吳濁流，拿自己的退休金創辦了《台灣文藝》。吳濁流糾集了鍾肇政、鄭清文、趙天儀等青壯一代的本土派作家，並連結龍瑛宗、張文環等日治時期的老作家為顧問，一同撐起了這份文學雜誌。《台灣文藝》在台灣文學史上意義重大，可以說是戰後「本省文壇」最初的兩大支柱之一（另一支柱是以新詩為主的《笠》詩刊）。這份刊物成為一個樞紐，往上連接了被語言政策隱沒的日治時代作家龍瑛宗、吳新榮、王詩琅、黃得時等人，往下挖掘了李喬、詹冰、七等生、黃春明等新人。

鍾肇政很快成為《台灣文藝》最核心的成員之一。他除了在這裡發表了一系列現代主義風格的小說，以與當時熱門的《現代文學》作家群一別苗頭之外，我們也屢屢看到他在和其他作家往返的信件中，反覆強調「陣地」的概念——這是我們自己的「陣地」，我們要把它做起來。就在這樣的信念底下，無論是《台灣文藝》還是他日後主編的《民眾日報》副刊，他都不斷把刊物版面視為一種培養新人的「資源」去操作：他拿到多少版面，就給出多少版面，從而拉拔起一支日益壯大的作家隊伍，包括陳映真、楊青矗、東方白、施明正等人。

在戒嚴時代，身為編輯，他也努力頂住政治的壓力，來讓創作者有更多發表的空間。比如他曾鼓勵上述的施明正多寫，施表示寫了也沒人敢刊，鍾肇政立刻霸氣宣言：「你敢寫我就敢刊。」受此激勵，於是就有了施明正最重要的監獄文學代表作〈渴死者〉和〈喝尿者〉。

除了編輯刊物，他也編輯叢書。早在《台灣文藝》創刊之時，鍾肇政就向吳濁流提了一個想法：一九六五年是「台灣光復二十週年」，我們也許可以藉著這個名目，來出一套本省籍作家的作品集。

這是非常有意思的想法。在當時，如果你貿然打出「台灣文學」或「本省籍作家」的旗號，很可能會被戒嚴政府懷疑有台獨傾向，而遭到政治打擊。事實上，即使是「文友通訊」這麼弱小的文學團體，都曾被政府派人跟監了；吳濁流的《台灣文藝》頂著「台灣」二字，更是必須小心謹慎。而鍾肇政的提議，就是以「台灣光復二十週年」為政治藉口——你看，我們沒有反叛之心，我們只是想要展示「中華民國政府建設台灣二十週年」的文學成果！

當然，我們現在很清楚了，鍾肇政真正關心的才不是什麼光復，而是「打著國旗反國旗」，想幫備受打壓的台灣作家們找出書的機會。吳濁流贊成這個做法，可是《台灣文藝》畢竟資源有限，沒辦法支持這麼龐大的計畫。鍾肇政沒有放棄，他想到自己曾經在「文壇社」出書，於是跑去找該社的主編穆中南提案。「文壇社」出刊的《文壇》是當時最大的文學雜誌，穆中南的黨政關係良好，鍾肇政提案時並沒有太大的把握，沒想到穆中南一口答應。於是在一九六五年，鍾肇政成功於文壇社主編了十冊的《本省籍作家作品選集》，其中九本是小說集，共收錄了六十九位作者；一本是詩集，共收錄九十七位作者——詩集的部分，主要是由後面我們會介紹到的陳千武代為編選。

這初次的成功，讓鍾肇政大感振奮。同一時間，他又覺得這套《本省籍作家作品選集》裡，有好多人的作品數量、水準，其實是足以出個人集的。鍾肇政遂如法炮製，再次找上黨政關係良好、隸屬於救國團的「幼獅書局」，成功在幼獅書店主編了十冊的《台灣省青年文學叢書》。

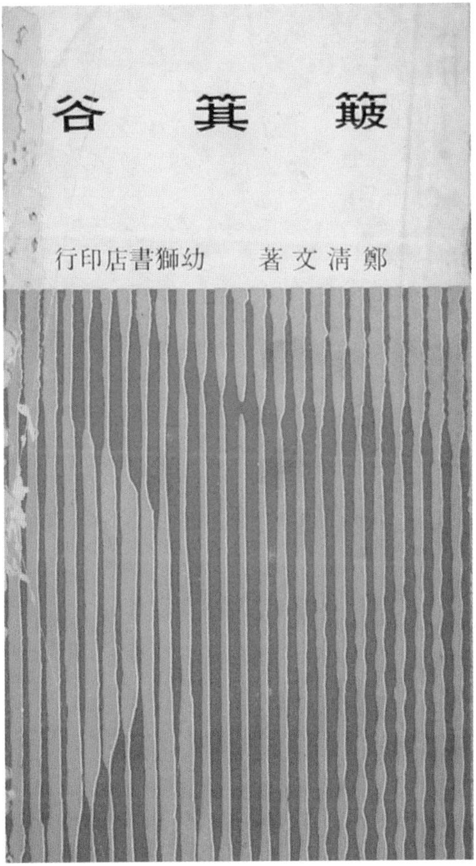

此即《臺灣省青年文學叢書1》：鄭清文的《簸箕谷》。鄭清文和陳映真，是當時鍾肇政最看重的兩位本省籍青年作家。他們後來的發展，也證明了鍾老的眼光非凡。
國立臺灣文學館提供，幼獅文化授權。

光是在一九六五年，鍾肇政就主編了兩套共二十冊的台灣作家作品。這不但在當時是劃時代的創舉，到戒嚴時代終止，也幾乎少有可相比擬的本土文學出版計畫。他身為主編，沒有浪費這二十本書的「陣地」，立刻居中斡旋，讓許多一直苦無機會出書的本省籍作家出道。除此之外，鍾肇政更頂住了政治壓力，將楊逵這樣日治時期的老作家作品收錄其中，貫通了一九四五年前後的台灣文學傳承。在〈勞動者之歌——談楊逵和他的戲劇集〉中，鍾肇政如此回憶：

我也還有一段記憶。逵老出獄是在一九六一年，〈春光關不住〉與〈園丁日記〉二文雖然在他出獄後在報紙上重新正式發表分別為六二、三《新生報副刊》，及六二、二《聯合報副刊》，然而在我編這兩套叢書的時候仍然是白色恐怖的可怕陰影罩住整個台灣的年代，故此一個出獄的政治犯幾乎是令人談虎色變的人物。因此楊逵的作品與吳濁流的中篇〈狡猿〉，在採錄之際不得不有所考量。最後我決定，不管三七二十一，把它們收進去吧。由側面得來的消息，文壇社為了這套叢書特別成立了一個「出版委員會」，網羅黨政軍等方面的文藝界人物當委員，幾經討論，費了不少波折，始照我的原案通過，這幾篇「敏感」作品才得以收在這套叢書裡頭。

由此可知，「文壇社」的穆中南確實也是費了一點工夫，才成功「掩護」了《本省籍作家作品選集》。有意思的是，出版另一套《台灣省青年文學叢書》的幼獅書局，也有政治上的微妙舉動。「幼獅」的主編為朱橋，是在一九六〇年代作風非常大膽的主編，他是首開「稿費一字一元」先例的人——當時台北圓環的一盤蚵仔煎是五元、麻油雞是十五元，一字一元非常優厚（可惜的是，這個價格似乎到現在都沒有什麼改變，寫作者的薪資標準已經凍漲半世紀以上了）。「幼獅」直屬於國民黨的青年組織「救國團」，《台灣省青年文學叢書》能夠出版，自然也是經過黨國內部的放行。然而，就在《台灣省青年文學叢書》出版之後，朱橋突然代替救國團傳了一段奇怪的話：

儘管我受到嚴密的監視，卻也有另一樁怪事發生。那就是幫我出版了第二套

鍾肇政，於二〇一〇年接受《文訊》採訪時所攝。
文訊雜誌社提供。

叢書的那位《幼獅文藝》的朱橋，卻向我表示救國團要我過去他們那邊工作，問我是不是願意離開鄉下，到台北去換換環境。他的意思是在台北工作，對我的寫作更有利，比躲在鄉下當一名小學教師好多了。我自知不可能上台北，跑到什麼救國團去上班，便婉辭了這個提議。他卻又說：不上台北也可以，他願意替我安排，讓我們仍然在服務的學校掛名，可以不用上班，薪水照領，便能擺脫繁重的工作，安心寫小說。我內心嚇了一跳，「哪有這麼好的台灣啊！」那樣的話，我不成了個特權人物嗎？我說我工作雖然忙碌，但還可應付，暇時照樣可以有許多作品寫出來。我把這個提議一口回絕了。

這是鍾肇政在〈鐵血詩人——吳濁流〉裡的記述。鍾肇政個性裡有天真爛漫的成分，因此回憶這些往事時，筆調往往有俏皮感，彷彿他很自自然然就做出了決定。但如果我們不只聽其言，同時認真觀其行，更能看見作家的生存智慧與擇善固執。我們可以想見，全心建構本土文壇陣地的鍾肇政，當時已是黨國體制密切關注的對象。但鍾肇政行事謹慎細膩，不容易找到明確的把柄。救國團出的這一著，或正是「收編」之舉——先把你綁成「特權人物」，接下來要找把柄毀掉你的文壇地位，那自然是容易得多了。鍾肇政之拒絕特權，固然是本性純良，除文學外無所欲求；卻也是嗅覺敏銳，難怪能與戒嚴體制纏鬥數十年，還能越做越大，庇蔭更多老幹新枝。

除了一九六五年的兩套「台叢」，到了一九七九年，他更策畫《光復前台灣文學全集》，透過翻譯和出版，讓一批日治時期的優秀作家「重新出土」，我們現在所知大部分重要的日治時期作家幾乎都在列，也為一九八〇年代後挖掘日治時代作家和作品的熱潮埋下先聲。這三套選集，就像電影《賽德克・巴萊》裡的莫那魯道偷藏火藥一樣，一點一點把日治時期和戰後的台灣作家作品收集起來，然後用「本省籍」、「台灣省」、「光復」之類的偽裝網蓋好，直到那不知何時會到來的政治解凍之日。

而除了上述拉拔提攜新人、重新推介前輩的事功之外，鍾肇政還有一件較少人注意到的成就，即對文學作品的翻譯。在他逐漸適應「國語」之後，他對日文的熟稔就成為一大優勢，許多文學資源和品味的養成，均是來自於日文出版品。

就在這樣的脈絡下，他著手譯介了大量的日本文學作品，包括安部公房的《砂丘之女》、《燃燒的地圖》和《箱子裡的男人》、三島由紀夫的《金閣寺》、川端康成的《水月：川端康成短篇小說選》、井上靖的《冰壁》和《敦煌》、電視劇《阿信》的原著小說，以及松本清張《殺人機器的控訴》等。同樣的，前述許多能用日文寫作、卻無力書寫中文的日治時期作家，也有大量作品是由鍾肇政翻譯成中文的，比如吳濁流的《台灣連翹》。這些翻譯多少彌補了一九四五年國民黨政府來台後，遽然斷裂的語言政策所斬斷的，和日本的一絲文學連帶。

一個人扭轉的文學史

而就在這種一面匍匐前進占領舞台，一面又立刻把舞台分享給更多本省籍作家的策略下，鍾肇政一點一點蓄積了自身的影響力。我常常在想，如果鍾肇政生在一個有社群網站的時代，他這種樂於分享的性格，應該能夠適應良好，甚至成為重要的意見領袖吧？他的messenger一定超熱鬧。在那資訊緩慢的年代，他靠著一封封從龍潭的書房寄出的信，竟爾就串聯起了本省籍的作家網路，一個「本土文壇」就在他振筆疾書的直行信紙中浮現。

因為鍾肇政從來不只想到他自己。他願意分享自己蓄積起來的能量、聲望和文化資本，結果最後，他為別人所做的一切，最終都還是回饋到他自身上來。幾乎可以這樣說：如果沒有龍潭的鍾肇政，台灣文學的「進度」恐怕還不知道要慢幾個十年。這才是他最驚人的成就——他幾乎一個人就扭轉了文學史。

鍾肇政笑而不語

或許對當代讀者而言，會覺得鍾肇政執著於「本省籍」是否太過褊狹。不過，鍾肇政之所以如此，是因為當時的文學環境非常歧視本省作家，就算他非常「矯枉」，也難以「過正」。

一個代表性的例子，就發生在一九八一年「聯合報中篇小說獎」的評審會議上。當時，鍾肇政是評審之一，同席還有外省作家司馬中原。鍾肇政講評朱天心的參賽作品〈未了〉，認為其描寫有歧視本省人之處。司馬中原立刻表示不同意見，並說：「我在台灣帶同學寫作很多年，很多文藝營學生、年輕一輩作家，從成長到茁壯都在我們照顧之下，我們很了解他們的情形。〈歲修〉和〈未了〉的作者寫的都是自己的人生過程，而我們一直像顯微鏡一樣觀察他們十幾年來的生活，文章不須具名就知道是誰寫的，就像如來佛看孫悟空。」

司馬中原並沒有意識到，他這一席話正透露了外省作家圈子密切的私相授受，已破壞了文學獎匿名評審的公正性。值得注意的是，他似乎也沒有覺得自己「透露自己認識參賽者，並且為之背書」的行為有何不對，這更側面顯示了這些外省籍作家可以「為所欲為」的程度。

更值得玩味的是，這些過程都被詳細寫進了評審紀錄，刊登在報紙上了。這則評審紀錄的執筆者顯然是很懂得其中氛圍的，他寫下了鍾肇政對司馬中原一席話的反應，只有七個字：「鍾肇政笑而不語。」

二——鍾理和不再只是他自己了

對面的手掌

自右胸飯匙骨以下，數七根肋骨。這七根肋骨全部都拿掉了，所以整個右胸看起來是坍陷進去的。前胸與後背，基本上是黏成一團的，旁人拿兩隻手掌一合，是可以感受到對面的手掌的，「像飛獸般的翅膜一般，隨著身子的搖動不住扇著」。

這不是鍾理和描述自己病況的文字，而是他未寫完的日記體小說〈手術台之前〉裡的病患角色。因為患有嚴重的肺結核，這名角色進行了名之為「胸廓整型術」的手術。以當時的技術，那是一定要截斷幾根肋骨的。而如果只從數字來看，鍾理和本人並沒有小說裡的病友這麼慘。

——因為他「只」截斷了六根。

但是，這已經是最能幫助我們想像鍾理和術後情況的一段文字了。不管是在公開發表的作品，還是目前已經出版的日記和信件中，鍾理和很少明確地寫出病後的身體細節，我們僅能側面看到各種各樣孱弱的跡象：吐血，消化器官失能，頭痛，失眠，精神耗弱，稍微勞累便連續數日臥床……

如果要提到台灣文學史上命運最多舛、最懷才不遇的作家，鍾理和必然是名列前茅的。特別是在他生命最後十年的這場肺病，更是將他從一個貧困但仍有希望的文學創作者，打入幾乎無可逆轉的悲慘局面。各種身外條件已然不利，卻連肉體都崩然倒下了。一九四九年，鍾理和因肺病入住松山療養院。一九五〇年五月，幾經掙扎之後，鍾理和終於決定接受手術，並於六月完成第二次手術，此後直到一九六〇年肺疾復發逝世之間，健康一直都是最困擾他的因素，他也多次告訴同樣體弱的長子鍾鐵民說：健康是最重要的，頭腦、財富什麼的都是其次。

然而以當時的標準來說，手術多少還是可以算是「成功」的吧。手術前兩天，鍾理和寫了一篇超級長的日記，除了前面幾行是寫給哥哥里虎、兒子鐵民之外，其餘部分都是留給妻子鍾台妹的一封遺書：「我雖然有需要給你寫這封信，卻也希望寫了最好不要落到你的手裡，成為公開的，仍舊由我自己去處理它……好像根本沒有這回事。」手術當日，他在日記上面寫下了：「由今天起，必須擱下日記。此後，何時能夠重續，或者竟致永無再續？」

顯然，他所擔憂的死亡，並沒有在那個時刻降臨。手術完成後，他安心靜養了幾個月，連日記都沒有寫。直到一九五〇年的十月十四日，才重新記了一筆。乍看之下，筆調是十分樂觀的：

痰有顯著的變化……開刀的功效似乎到了最近才顯明的表現出來。看來自己不但居然沒有死掉，而且似乎還再一次獲得了生命……這是我的新生！

但我們如果稍微端詳一下日期，就會發現這則日記距離上一則已經半年、距離下一則又隔了兩個月，很突兀地插在那裡。若說是因為新生的喜悅，那為何偏偏是這一天，不早也不晚？再往下讀，我們才會發現更關鍵的、沒頭沒尾的三個字：

和鳴死。

新生與新死

「和鳴」指的是鍾理和同父異母的弟弟鍾和鳴。八歲的時候，鍾理和、鍾和鳴與其他兩個兄弟，一起進入了鹽埔公學校。畢業之後，其他三個人都升入了中學，只有鍾理和沒有，這件事對他的打擊很大。在這幾個兄弟當中，鍾和鳴對鍾理和的影響特別深。少年時期，有次鍾理和拿了自己私下寫的文章給他看，正在就讀高雄中學的鍾和鳴突然對他說：「也許你可以寫小說。」接下來的幾年間，鍾和鳴從台北、東京寄了不少日譯的文學作品和文藝理論的書給他，確立了他往文學之路邁進的想法。

及至成年，鍾理和為了婚姻之事偕鍾台妹私奔北平的期間，他也時時關注著這位弟弟的消息。鍾和鳴後來踏上了完全不一樣的道路：他去念了日本的明治大學，在一九四〇年代潛入中國，參與抗日活動。兩人杳不相見，但鍾理和還是一直掛念著他。在一九四五年九月的日記當中，就抄錄了一則來自廣播的訊息，及他的感想：「發廣播信箱。重慶台灣革命同志會鍾和鳴……與人以一種隔世之慨。」

而當鍾理和回到台灣，在屏東那邊找到一份工作，卻又因肺結核住院的期間，鍾和鳴也回到台灣了。——他因為對國民黨失望，憤而加入了中共的地下黨組織，並且以其基隆中學校長的身分，成立了「基隆中學支部」。這個組織發行了一份叫作《光明報》的刊物，主其事者就是日本時代的作家呂赫若。他們的組織在二二八後，隨著台灣人對國民黨不滿的情緒逐漸擴大，但終究因為形跡走漏，被情治機關逮捕。

這一切，當然是其時在松山療養院治病、並且正在構思他畢生最重要作品《笠山農場》的鍾理和不知道的。

一九五〇年十月十四日，也就是鍾理和在日記裡寫下「這是我的新生！」的這天，鍾和鳴被槍決，成為同案中少數被槍殺的本省人。

這一則突發的日記，要記的不只是鍾理和新生，也是鍾和鳴的新死。

對此有所理解之後，就會更知道為什麼鍾理和生命最後十年的日記、信函中，時時閃現出鍾和鳴的影子。在寫給廖清秀的信函當中，鍾理和提到有位兄弟鼓勵他寫作的事，但隱去了這位兄弟的名字。而在一九五八年二月二十二日的日記當中，鍾理和抄錄了《梵谷傳》當中的句子，並且也加上了一句感想：

第二封信是西奧（梵谷的兄弟）寄來的：

「素描畫得很好，我將盡全力賣掉它們。附上去阿姆斯特丹的路費二十法郎。祝你成功，老孩子。」

——抄自史東著《梵谷傳》

啊啊！和鳴！你在哪裡？

特別值得注意的，就是首句裡的括弧「（梵谷的兄弟）」。作為窮愁潦倒的文學創作者，看到西奧如此支持兄弟的藝術創作，鍾理和心裡轉過的情緒是什麼，並不難想見。但換個角度說，也許正是鍾和鳴的死，才更加堅定了鍾理和要把餘下來的「新生」全力投入文學創作的心志吧。在那之後，無論鍾理和遭遇多少困頓，多少次萌生放棄甚至自殺的念頭，他終究還是撐下來了，撐到再也沒辦法提筆的那一天為止。

其實是高級酸民

在二〇二一年的今天，鍾理和最被人記住的作品，就是在住院期間構思、隨後寫成的長篇《笠山農場》，以及短篇〈故鄉〉的四連作。知道他生平有多悲慘的人——生病，貧窮，婚姻被鄰里抵制，兒女早夭或也患病，投稿極不順遂——，再讀他的作品，恐怕都會對其生平與作品的反差有深刻的印象：他的人生如此悲慘，作品竟然如此平和，這是怎麼辦到的？因此，有些評論者曾以「鄉土文學的聖者」的封號來稱呼鍾理和，畢竟這樣不帶一絲火氣的寫法，在常人都很困難了，更何況是如此境遇。

年輕時的鍾理和。
財團法人鍾理和文教基金會提供。

但事實上，最早的鍾理和並不是一名「聖者」——他根本是一個高級酸民。

這可以從他旅居北平時，曾經出版過的小說集《夾竹桃》中看得出來。這本書中最長的一篇〈夾竹桃〉，講的就是北平大雜院裡中下階層的生活。鍾理和酸起他們的愚昧與無知時，可是沒在手下留情的。當他閱讀他人作品時，嗆起來也是很直接。比如在北平的《平津晚報》上讀到一篇〈劉和的苦衷〉，他的評語只有一句：「唉呀這也是藝術麼？」而讀到林語堂的書時，他「深深地覺得林語堂便是這樣的一種人，這種人似乎常有錯覺，當看到人家上吊的時候，便以為那是在蕩鞦韆」。

而在北平居住的那段時間，他對中國人、台灣人、日本人在戰後初期的各種醜態，更是無一不酸。他把這一切稱之為：「搖身一變的時代與搖身一變的人們。什麼都是搖身一變，都在搖身一變。只差變得像與不像而已。有的變得唯妙唯肖，比真物有過之而無不及。但可惜都與孫猴子相彷彿，一條尾巴雖變成了一柱桅杆，然而卻因不能挪在前邊而露出了馬腳。」他也批評當時中國人對台灣人的理解，是「山海經式的理解」，流傳著很多關於台灣的都市傳說，比如報上的某篇文章就說：「台灣溫度總在九十五度以上」，而且地震頻繁，所以「使一般土人在定期會時常說：『我在上午地震後必去看你。』」然後說：「中國有大批大部分是屬於『客家』的遊牧民族移到臺灣去。而『這群人是以吃人肉為快事的』。」

然後鍾理和就把它們統統抄在日記裡嘲笑了。

不唯如此，他在政治的意見上，有時也頗為強烈，顯露出一種政治不正確但十分直率的尖刻。比如談到魯迅想以文學救中國，他以一種冷笑的筆調說：「印在紙上的冷冷的字究竟是無用的……我相信只有去掉那一小部份或者是大部分的人，另一部分的人才能得救，才有法子活下去。而欲去掉那一部分的人，大概除開殺頭以外，是沒有更好的辦法的。」如果活在當代，他應該也會是那種看了《金牌特務》的教堂段落，會覺得很紓壓的人吧。

與其說鍾理和是個「聖者」，不如說他是在人生經歷的煎迫下，才慢慢收斂的。他那薄得只剩下一張紙的身心，已不允許他再這樣嬉笑怒罵地過日子了。

差點消失的《笠山農場》

一九五五年底，鍾理和手術後五年，《笠山農場》完成了。

在這短短的五年間，他的健康狀況起起伏伏，經濟狀況極差。生病前的教師職位丟了，且再也回不去，他又沒辦法進行任何稍微粗重一些的勞動，全家的開支還是落在妻子鍾台妹一人身上。為了減輕壓力，他曾經到美濃鎮公所工作，但不出幾個月就體力不支，再次辭職。他持續寫稿，但幾乎都沒能找到地方發表——不但他的寫作風格無人賞識，更嚴重的是，由於居處偏僻、資訊閉塞，他連台灣當時到底有哪些報刊雜誌可以投稿都不知道。一九五四年，他的次子死於營養不良。他將自己的悲痛化為文字，寫了〈野茫茫〉，投稿到高雄的一家刊物《野風》。

簡直就像命運在開玩笑：這次的投稿，錄取了。

但這還不是最難笑的部分。這篇七、八千字的文章刊出後，他收到了《野風》的稿費，是一張二十元的支票。他必須坐一趟車，到高雄市區把它兌出來。

而來回的車費，是三十多元。

就在這樣的顛簸生活中，《笠山農場》完成了。從日記的記載看來，鍾理和應該是首先寄給了當時銷量最大的雜誌之一《自由談》，但在隔年三月被退稿，該刊的編輯建議他可以投稿去「中華文藝獎金委員會」。這是當時最有錢的官方文藝單位，每年都辦理各種獎項。於是就在一九五六年年底，《笠山農場》獲得了這個委員會所辦的「國父誕辰紀念獎金」第二名，獎金一萬元。該屆首獎從缺，所以他是實際上的第一名。不過這並沒有什麼好可惜的，因為這個委員會辦過十九次各種類型的小說獎，其中有十五次首獎從缺。

你們真的有編這筆預算嗎。

而《笠山農場》打敗的可不是等閒人物。在它後面並列第三名的，一是反共文學時代非常熱門的小說，王藍的《藍與黑》。另一則是彭歌的代表作《落月》——彭歌正是建議鍾理和把稿子投來比賽的《自由談》主編之一。在這之後，彭歌下一篇留名文學史的文章，就要等到一九七七年的「鄉土文學論戰」了，他當時寫了一篇〈不談人性，何有文學〉，支持官方立場，攻擊鄉土作家，與余光中通力合作把對手統統說成共產黨。不過在當時，他仍然是文壇上炙手可熱的人物。

得獎之後，鍾理和開心了一陣子，終於有興致在日記裡開玩笑了。隔年三月底，周圍幾十里的人都知道他得獎了，但是沒有人知道「文藝獎」是什麼，只是羨慕他好運氣。有位婦人還對他說：「我每一次都買一、二張，已經買了好幾年，就沒有得一次彩，連十塊錢都沒有得過。你真是好運！」但對鍾理和來說，真正的好運不只是那一萬塊而已，而是由於得獎，開始有其他本省籍寫作者知道他，聯絡交誼了起來。於是陸陸續續，同樣得過中華文藝獎的小說家廖清秀來信了，接著，鍾肇政也來信了，「文友通訊」的網路次第形成。回到美濃這麼多年後，鍾理和終於有「文友」可以往來了。於是在信件當中，我們可以看到他近乎貪婪地跟廖清秀、鍾肇政、文心、陳火泉等人索要作品，也把自己新寫舊寫的作品交換過去，彼此討論。

但這份開心無法維持太久，鍾理和很快地發現，《笠山農場》的得獎也無法改變他的壞運氣。照理來說，得獎作品應該會由主辦單位安排發表，甚至出版為單行本。但就在這屆比賽過後，「中華文藝獎金委員會」忽然解散了。發表、出版當然是無望的了，但更糟的是：負責這個委員會的公務員開始裝死，不願意把稿件找出來還給他。由於《笠山農場》篇幅較長，鍾理和大概是沒有力氣重抄一遍，所以投稿當時，就把唯一一份稿子寄出去了。那可是一九五〇年代，不可能有電腦存檔的。現在，海內孤本就扣在對方手上，想要轉投給其他雜誌、出版社也沒有辦法。

鍾理和寄信給文獎會、也寄信給國民黨相關單位問了幾次，都是石沉大海。眼看彭歌、王藍的作品都陸續出版，名次更高的《笠山農場》卻還在文獎會的某個檔案櫃裡——甚至，搞不好可能早就丟了——，鍾理和的焦急可想而知。他密集地寫信給廖清秀，與之商討索回稿件的對策。廖清秀建議他找張道藩，張不但是立法委員和國民黨有力人士，自己本身也是作家，比較可能理解寫作者的處境。結果張道藩第一封回信的大意就是：原稿在文獎會那裡，文獎會停辦了，所以沒辦法拿出來。

……廢話，人家現在不就是要你解決這個狀況嗎，你把狀況再講一次是腦袋有什麼問題。

這段反反覆覆的過程，折磨了兩年之後，終於還是廖清秀的另一主意奏效。他建議鍾理和再次寫信給張道藩，但是要先禮後兵：第一封信低姿態哀求，說自己等著這篇小說換稿費救貧；如果再無消息，就寫第二封責備張道藩「有什麼理由扣押未付稿費的別人的東西」。鍾理和最後採取的是折衷辦法，亦即一邊訴苦、一邊暗示這篇稿費尚未領取。

信寄過去，七、八天後，原稿回來了。還附上了一封信，上面寫了「道藩先生非常同情您的遭遇」之類的內容。

嗯哼。

「嘔心瀝血」不是形容詞

然而這時，已是一九五八年了。我們現在知道，這是鍾理和生命最後的兩年了。

在這段倒數計時的歲月裡，懷才不遇的憂傷還是纏著鍾理和不放。他不斷地把《笠山農場》寄出，不管是雜誌發表還是單行本出版，所有機會能試就試。每一次投稿失敗，他就再拿起筆來修稿。改動順序，修整文字，重抄整理……然後再被退稿。

一九五九年底，鍾理和最後一點信心似乎也被銷磨殆盡了。他頗有點自暴自棄地，在寫給鍾肇政的信函上抱怨：

我時時都覺得四十五年度我的「笠山農場」，把當今二個最走紅的大作家壓在下面是很不好的，我以為應該由他們中的哪一個得第二獎，「笠」篇得第三獎，雖然我並不懷疑他們的器量狹小，但假使是這樣，那對於我們每個人都是好的……我沒有料到我踏進文壇的第一步便把事情搞錯了呢！

然而，這段時間至少開始有一些文章發表了。透過鍾肇政轉寄林海音的模式，鍾理和陸續在「聯副」上發表作品，兩年下來大概有將近二十篇。即使偶爾被編輯刪改得面目全非，但總是有作品刊出來，並且拿得到正常稿費了。

一九五九年中，〈草坡上〉發表之後，收到了一位讀者陳永善的來信，信裡對這篇作品評價很高。鍾理和大受感動，但又不禁哀傷，在日記裡自比為「抱其璞而哭於楚山之下」的和氏：

雖終於得到慧眼賞識，但畢竟兩條足已經刖了……

而這名寫了一封讓鍾理和感動的信的讀者，正是快要以〈麵攤〉、〈淒慘的無言的嘴〉等作躍上文壇的陳映真。

但是，鍾理和已經來不及知道這雙「慧眼」的分量了。一九六〇年，鍾肇政開始於「聯副」連載《魯冰花》，為本省籍作家首開紀錄，同時也寫信催鍾理和投一篇長稿過來。這正是我在〈因為鍾肇政不只想到他自己〉一章裡提過的，鍾肇政希望能幫鍾理和一把，讓他一起來「把這個陣地占領下來」。

於是，鍾理和發憤寫了一部新中篇〈雨〉。寫完之後，鍾理和照例覺得很不滿意，又拖著病體修改了一陣。一九六〇年七月二十一日，他寫信給鍾肇政說：

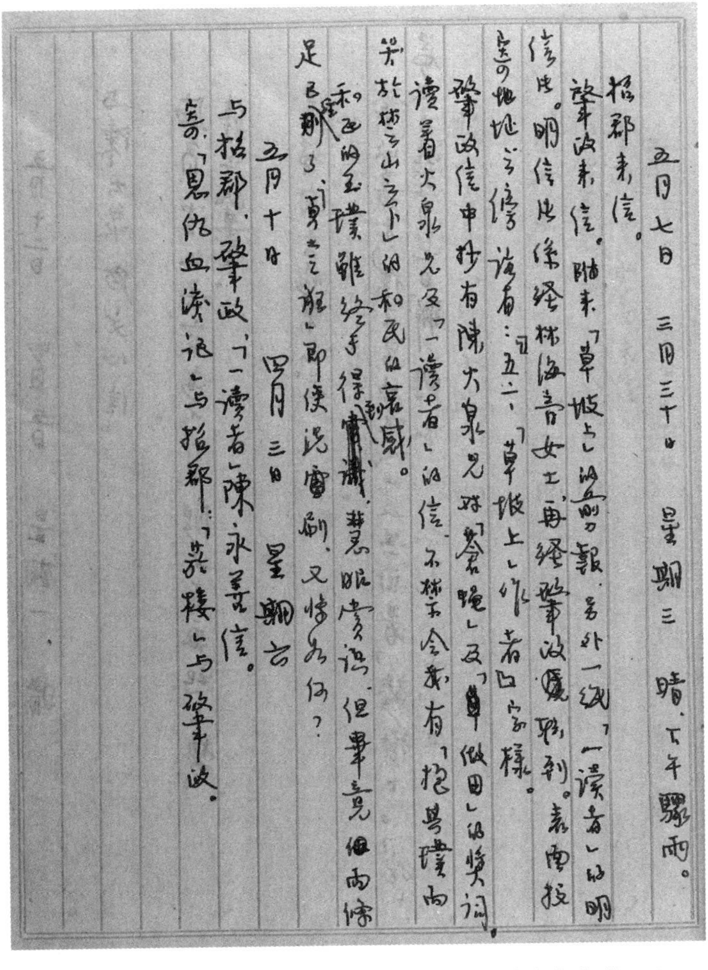
五月七日　三月三十日　星期三　晴，下午驟雨。
括郡來信。
肇政來信。附來「草坡上」的剪報，另外一紙「一讀者」的明信片。明信片係經林海音女士再經肇政轉到。表面投寫的地址寫着：「五二，「草坡上」作者」字樣。
肇政信中抄有陳火泉兄對「蒼蠅」及「草做田」的獎詞。
讀着火泉兄及「一讀者」的信，不禁令我有「抱異璞而哭於楚之山下」的和氏的哀感。和氏的玉璞雖終於得到識，慧眼賞識，但畢竟兩條足已刖了，「莫之能」即使說實刷，又將如何？
五月十日　四月三日　星期六
與括郡、肇政、「一讀者」陳永善信。
寄「恩仇血淚記」與括郡，「笠樓」與肇政。

鍾理和一九五九年五月七日的日記，記述了陳永善來信的那一天。
財團法人鍾理和文教基金會提供。

「（肺部）病巢有蠢蠢欲動的跡象……不過這二日此種跡象好像又告斂跡……如果精神爽快，則明後日諒可進行『雨』的改作工作。」

鍾理和沒有爽約。他確實一直在進行〈雨〉的改作工作。一九六〇年八月三日，鍾理和肺疾復發，病況十分危急。當夜大雨，家人無法外出尋醫。直到隔日清晨，他的兒子鍾鐵民要出門的時候，卻又剛好足疾發作，癱瘓而不能行——這「足疾」，是鍾理和剛得肺病，住在松山療養院時，年幼的鐵民跌傷，被尖利的石頭擊中脊椎所留下的後遺症。鍾鐵民急得捶打自己的雙腿，直到皮膚潰爛。

就在那一日夜，鍾理和告訴鍾鐵民：你得趕快好起來，我們兩個都這樣子，遲早會拖垮你的母親。

說完這句話後的幾個小時，鍾理和停止了他那艱難的呼吸。

好一陣子過後，當鍾肇政千辛萬苦奔赴美濃，到鍾理和靈前上香時，才看到了鍾理和最後趕寫的〈雨〉的原稿。從此之後，鍾肇政一輩子都不能原諒自己。每當提到鍾理和的時候，他總是自問：如果當時我不催他稿子的話……

因為在稿紙的行間，沾染的全都是血痕。

聖者的座標意義

然而，鍾理和的影響力，卻在他去世後才真正開始擴大。

鍾理和生前最念茲在茲的，就是沒有任何著作在台灣出版（其實他有在北平出版《夾竹桃》，但在當時的台灣幾乎不可能讀到）。為了完成他的遺願，鍾肇政、林海音四處奔走籌款，將《雨》的單行本編印出來，終於在他的百日祭時供在靈前。不料，由於鍾理和在「聯副」發表的那些文章，為他累積了一些讀者，《雨》很快就賣完，反而賺回了一些結餘款，於是林海音再用這筆錢，把命運多舛的《笠山農場》也印了出來。

而這也側面見證了文壇結構、媒介技術的限制：鍾理和早有這麼多讀者，那文壇到底為什麼沒辦法讓他及時出版，面對更多讀者。只因為他是偏遠鄉下、除了「文友通訊」諸君以外，幾乎沒有人脈的本省作家？就算是願意給予一些發表版面的「聯副」，也因為紙本報紙的屬性，沒辦法精準測到鍾理和文章發表時，讀者的熱烈反應。如果鍾理和活在有網路媒體的今天，一定會有網路小編發現，他那幾篇小說的流量特別高的吧……？

到了一九八三年，更在眾人的集資之下，於鍾理和最後十年生活的故居，建立了「鍾理和紀念館」。這是第一個本省籍作家的紀念館，但在鍾肇政等人的構想裡，它的功能不僅僅是紀念鍾理和一人而已，它更是台灣文學的重要堡壘：一個收集、典藏、研究台灣作家文物的館舍。在那個還沒有「台灣文學館」的年代，它就是民間版的台灣文學館。從中，我們可以看到「鍾理和」這個名字，在這些本省籍作家心目中的分量和意義。不管是之後標舉「鄉土文學」的年代，還是「台灣文學」終於能躍上檯面的年代，「鍾理和」都是一個最有號召力，最能體現台灣作家所面對過的困境、所付出的努力的象徵。

因此，如果有哪一個作家的紀念館舍，足堪成為台灣文學的第一座堡壘，毫無疑問地：那個人就是鍾理和。

在鍾理和最灰心的一段日子裡，他曾經在一封信上，這樣對鍾肇政訴苦：「我個人在這裡獨往獨來，不為人理解和接受，沒有朋友、刊物、文會……我常

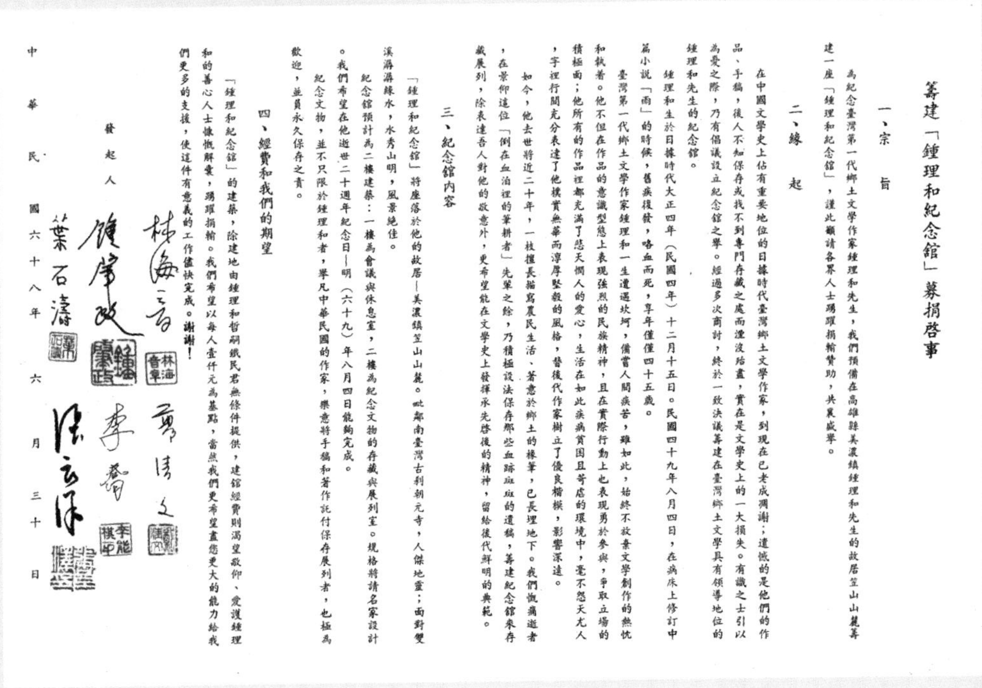

籌建「鍾理和紀念館」募捐啓事

一、宗　旨

為紀念臺灣第一代鄉土文學作家鍾理和先生，我們預備在高雄縣美濃鎮鍾理和先生的故居笠山山麓籌建一座「鍾理和紀念館」，謹此籲請各界人士踴躍捐輸贊助，共襄盛舉。

二、緣　起

在中國文學史上佔有重要地位的日據時代臺灣鄉土文學作家，到現在已老成凋謝；遺憾的是他們的作品、手稿，後人不知保存或找不到專門存藏之處而湮沒殆盡，實在是文學史上的一大損失。有識之士引以為憂之際，乃有倡議設立紀念館之舉。經過多次商討，終於一致決議籌建在臺灣鄉土文學具有領導地位的鍾理和先生的紀念館。

鍾理和生於日據時代大正四年（民國四年）十二月十五日。民國四十九年八月四日，在病床上修訂中篇小說「雨」的時候，舊疾復發，咯血而死，享年僅僅四十五歲。

臺灣第一代鄉土文學作家鍾理和一生遭遇坎坷，備嘗人間疾苦，雖如此，始終不放棄文學創作的熱忱和執着。他不但在作品的意識型態上表現強烈的民族精神，且在實際行動上也表現勇於參與，爭取立場的積極面；他所有的作品裡都充滿了悲天憫人的愛心，生活在如此疾病貧困且苛虐的環境中，毫不怨天尤人，字裡行間充分表達了他樸實無華而淳厚堅毅的風格，替後代作家樹立了優良楷模，影響深遠。

如今，他去世將近二十年，一枝擅長描寫農民生活、著意於鄉土的椽筆，已長埋地下。我們惋痛逝者，在景仰這位「倒在血泊裡的筆耕者」先輩之餘，乃積極設法保存那些血跡斑斑的遺稿，籌建紀念館來存藏展列，除表達吾人對他的敬意外，更希望能在文學史上發揮承先啓後的精神，留給後代鮮明的典範。

三、紀念館內容

「鍾理和紀念館」將座落於他的故居—美濃鎮笠山山麓。毗鄰南臺灣古刹朝元寺，人傑地靈；面對雙溪潺潺綠水，水秀山明，風景絕佳。

紀念館預計為二樓建築：一樓為會議與休息室，二樓為紀念文物的存藏與展列室。規格將請名家設計。我們希望在他逝世二十週年紀念日—明（六十九）年八月四日能夠完成。

紀念文物，並不只限於鍾理和者，舉凡中華民國的作家，樂意將手稿和著作託付保存展列者，也極為歡迎，並負永久保存之責。

四、經費和我們的期望

「鍾理和紀念館」的建築，除建地由鍾理和哲嗣鐵民君無條件提供，建館經費則渴望敬仰、愛護鍾理和的善心人士慷慨解囊，踴躍捐輸。我們希望以每人壹仟元為基點，當然我們更希望盡您更大的能力給我們更多的支援，使這件有意義的工作儘快完成。謝謝！

發起人

中華民國六十八年六月三十日

此為籌建「鍾理和紀念館」募捐啟事，發起人有林海音、鍾肇政、葉石濤、鄭清文、李喬、張良澤。
財團法人鍾理和文教基金會提供。

常會忽然懷疑自己到底在做什麼。」他最感到痛苦的事情之一，就是身旁沒有文友，沒有人理解他的寫作。即便後來有了「文友通訊」，但病弱的他，一次也沒有參加過大家的聚會。唯一一次見到活生生的文友，就是廖清秀來美濃找他玩，他高興得花錢雇車接送，還殺了一隻雞款待，跟廖清秀聊了一整夜。那樣的興奮，似乎讓他暫時忘了貧困，也忘了身上的病。

現在，整個台灣文學史都在陪著你了。你不再只是你自己而已了。

文友的話題

在文章末尾，我們聊到廖清秀上山找鍾理和一事。他們聊了什麼呢？當然，文學是沒有少聊的。根據廖清秀的說法，他本來是想去安慰、鼓勵鍾理和的，結果反而被鍾理和安慰、鼓勵了。在寫作上，兩人有共識：「要不斷地寫！但不必斤斤計較於發表，也不必為稿費而勉強寫！作品的發表尤其要慎重。」

不過，他們也不只聊文學。那時廖清秀已經三十歲，仍是光棍一人，所以兩人還聊起了戀愛的話題。不知道是垃圾話還是真心話，鍾理和在《文友通訊》上誇廖清秀「英姿煥發貌比潘安」，又說他「才智橫溢辯口懸河」，實在沒有理由找不著對象。

而廖清秀的遊記也側面證實了這段戀愛交流。廖清秀說，鍾理和臨別前給他最後的叮嚀是：「對女性要採取主動，不要等她們主動；我們對任何人都可以不低頭，獨對小姐是無可奈何的。」此中性別刻板印象，頗有濃濃的一九五〇年代風味；不過也側面見證了，一群大男人聚在一起的時候，就算是文學人，也會有非常異男的交誼話題。

三

——這個局葉石濤已經布了一輩子之久

年表上的詭異條目

如果你翻開葉石濤在一九七五年，自己修訂的生平年表時，會看到「一九五一年」這個奇怪的條目：「因事辭去永福國小教職。杜門不出，自修自學三年。」這行前言不搭後語的記述沒有任何解釋，像一個突兀的括弧，包住了一段空白的日子。那年葉石濤二十七歲，過去幾年曾用還不太流暢的中文，寫了幾篇文章。但在這一條目過後，他突然停筆不寫了，要等整整十五年的一九六五年，才再次發表新作。

直到比對解嚴之後的資料，我們才會發現，那三年「杜門不出，自修自學」的日子，其實是葉石濤因為被白色恐怖牽連，吃了牢飯的三年。而其後空白的十二年，則是他減刑獲釋後，帶著案底，在社會上四處碰壁、流離貧困的時期。我不知道在數十年後，作家已年過半百，回想起正當青壯的二十歲末尾，心理閃現的念頭是什麼。我們能看到的，只有最後他留下的這行啟人疑竇的記述。

因事、杜門、不出。自修、自學、三年。

這行字的筆法，幾乎就濃縮了葉石濤的一生。

就在這行字之後，葉石濤徹底成為了他年輕時不可能想像到的人：一名守護台灣本土文學的、寫實主義的評論家。他出道很早，在一九四〇年代的中學時期，就以天才少年之姿，師從日治時期台灣文壇兩大山頭之一的西川滿，寫了一些旖旎浪漫的小說。當年的他熟讀日本和法國的文學作品，相信文學追求的是藝術性，而對於其他台灣作家主張的「文學應該反映現實」不大同意。但隨著年事漸長，經歷了家道中落、二二八、白色恐怖、貧困悲苦的日子後，他卻轉投了當年他不同意的陣營——他開始認為，文學確實應該要反映大多數民眾的現實困境，成為一個堅定的寫實主義者。

親眼見過、親身體會過之後，就沒辦法再對人世間的苦難視而不見了吧。

本土文壇的空中火力

政治的打擊，並沒有讓葉石濤放棄小說創作。但就像他的同代人一樣，他的小說偶有可觀之處，只是受限於語言轉換和文學觀念的演變，大部分作品都不再是當代文學讀者會欣賞的作品了。然而，相對於此，他的文學評論卻在台灣文學的發展史上，有著無可取代的歷史地位。他和同齡的鍾肇政並稱「南葉北鍾」，是戰後本土文壇的兩大健將。

我在〈因為鍾肇政不只想到他自己〉這篇文章提過，鍾肇政擅長的是組織戰，長年經營發表和出版的陣地，並且將之分享給其他本土作家，從而在文壇裡撐出本土派的天地。而葉石濤在一九六五年復出文壇後，則迅速補上了「文學評論者」這個非常重要、當時卻沒什麼人能扛起來的位置。幸虧有這兩人的分進合擊，台灣的本土作家才能在肅殺的政治環境與文化資本極弱的情勢之下，逐步打開局面。

為什麼「文學評論者」這麼重要？如果說鍾肇政的工作是幫當時幼弱的台灣

文學構築陣地、挖掘戰壕，那葉石濤這樣的文學評論者，所提供的就是「空中火力支援」。作家寫出作品，需要發表的空間，這由鍾肇政來張羅；而當作家的作品發表出來之後，葉石濤所提供的評論，就同時肩負了向讀者詮釋作品的價值、刺激作家繼續精進，以及為更深層的論述和學術研究做準備的任務。

最後一項其實是種有些無望的努力：當時其實並沒有任何學者會來研究台灣作家，在可見的未來，似乎也沒有任何轉機，國民黨的中華民國文藝體制看起來鋪天蓋地、永世不移。有則在台灣文學研究者之間耳熟能詳的軼事是這樣的：一九七〇年代，日本學者岡崎郁子就讀於台大中文系。她之所以來台讀書，是因為在日本讀到了日治時期的台灣文學作品，訝異於「原來當時的台灣也有這樣的文學」。她想要研究這批台灣的文學作品，於是便想當然耳地，選擇就讀台灣最高學府的中文系。不料，當她向指導教授提出自己想以「台灣文學」作為碩士論文主題時，教授立刻反駁：

「台灣文學？台灣哪裡有文學？」

文壇氣氛如此，我們因此可以想見，葉石濤是抱著怎樣堅韌的期望在寫這些文學評論的。一部文學作品的價值，往往要在反覆的文學評論裡，慢慢確立下來。但當時的台灣本土作家處於極端弱勢的狀態裡，除了葉石濤，根本少有夠本領的文學評論者去細讀。如果沒有葉石濤扛起這個位置，就算本土作家寫出了好作品，也注定要被埋沒在時間之流裡。

平心而論，葉石濤的文學評論缺乏學術方法的嚴謹性，靠的是他廣泛閱讀各國文學作品所養成的品味，去參照出作品的特出之處。但他畢竟是曾經在日治時期文壇活動過的人，對於當時各種評論和文學資源的活躍程度深有了解——那是即使到今日的台灣文壇，都有種種不及的旺盛年代。以此經歷，葉石濤面對戰後彷彿核彈災區一樣，被政治力全面夷平的台灣文壇，想必有不能不一肩扛起的急迫感吧。畢竟比他年長的吳濁流、張文環等作家，浸淫日文的時日更深，幾乎不可能在中年「跨語」，成為嫻熟中文的寫作者。葉石濤剛好搭上了那段歷史的末班車，卻又因為出道早、年紀輕，還有餘力磨練自己的中文。於是，葉石濤結合中文能力，和見識過日治時代文壇的視野，成為貫通一九四五年大分水嶺的一條隧道。

因此，如果你去觀察葉石濤寫評論的模式、筆法，以及他所參與的文學活動模式——比如找幾名作家，舉辦閉門座談會，討論某位作家的重要作品，事後再把記錄刊登出來——，都會發現帶有濃濃的日治時代遺風。

政治鋼索上的匍匐前進

然而，從現在的觀點回頭去讀葉石濤的文學評論，或許會讓本土派的讀者感到本能性的不適——因為你會在他的文章中不斷讀到「台灣文學是中國文學的一部分」、「台灣作家都是帶有民族意識的」、「鄉土文學就是三民主義文學」這類陳腔濫調。我初讀這些評論時，確實感到非常不耐煩；即使在我政治意識尚未啟蒙的時期，我仍覺得這些完全跟文學無關的陳述莫名其妙。而這些字句，也曾讓許多本土派懷疑他的忠誠度。

但如果你深入考量他的位置與意圖，你會發現這其實是葉石濤在肅殺的戒嚴時代，用一種匍匐前進的姿態走政治鋼索的結果。

有兩個觀察點，可以讓我們看見葉石濤真正的心思。

第一處是他的修辭順序：在這些文章裡，當他複誦完上述黨國咒語之後，一定會接著說：「但是在台灣的自然環境和歷史背景下，台灣文學／省籍作家／鄉土文學形成了獨特的風貌……」「但是」後面才是重點——也就是說，他念茲在茲的，還是台灣文學的在地性和本土性，只是他身為一個因白色恐怖入過獄的作家，活在戒嚴時代，必須先唸幾趟咒語來自保。

這點也可以從他如何建立「鄉土文學－台灣文學史」的論述看出來。他很早就立志要為本土作家寫一部有規模的台灣文學史，但在一九六五年，他寫的第一篇相關文章是〈台灣的鄉土文學〉。然後到了一九七七年，類似的觀點擴充新資料後，他寫了一篇〈台灣鄉土文學史導論〉。這兩處標題的變化是有玄機的，首先是把「的」拿掉，就讓「台灣」從一個中性的修飾詞轉變成一個共同體的名稱（如果是「台灣的」鄉土文學，那仍然可以解釋為附庸中國的台灣省所產生的東西）；其次是「史」字的出現，透露了為這個共同體建構身世，以與「他者」分庭

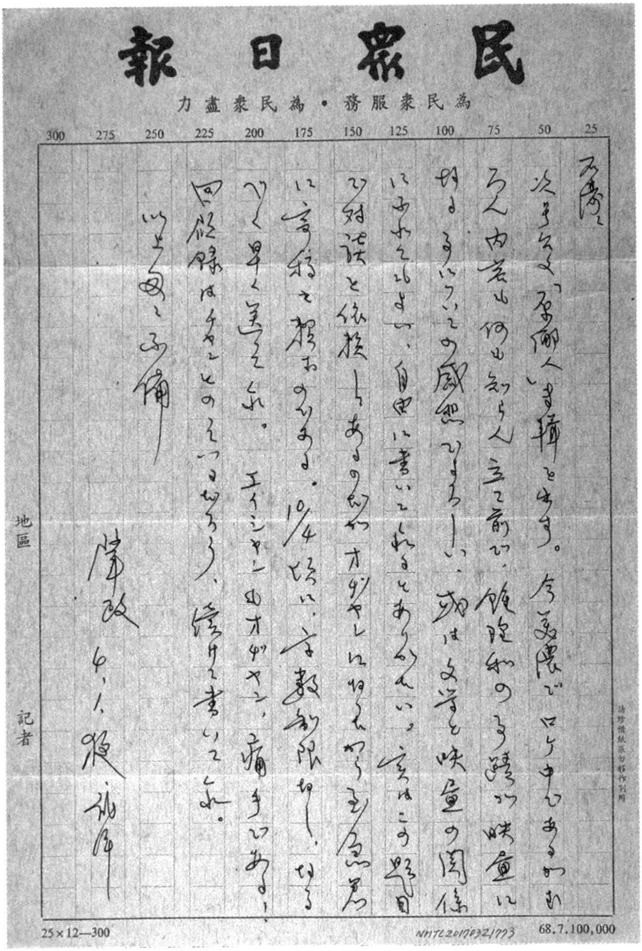

鍾肇政致葉石濤函，一九八〇年四月一日。
國立臺灣文學館提供。鍾延威先生授權。

抗禮的意念。一九六五年這個標題，呼應的是仍然高壓深重的戒嚴時代，民間沒有力量突破；而到了一九七七年，由於退出聯合國的政治影響，中華民國政府面臨飄搖局面，加上知識分子關懷現實的傾向已成主流，葉石濤就向前「踩線」了一點。〈台灣鄉土文學史導論〉發表時，「鄉土文學論戰」剛剛爆發，可以看得出來葉石濤的這次出手，是審度過時機的。

再過十年的一九八七年，葉石濤又發表了同一系列的評論——這次直接寫成一本書了，即為《台灣文學史綱》。這是解嚴前夕，但當時的人們還不見得能夠預知這點，葉石濤再一次用力踩線了。你可以看到，最後一次改動，連「鄉土」這個屬性都拿掉了。此一命名的宣示意義非常明顯：「台灣文學」終於可以拿掉所有遮掩，明明白白站在眾人面前了。在葉石濤的脈絡下，「台灣的鄉土」本來就是一個帶有冗贅字眼的詞彙，若非政治的壓抑，他想說的一直都是「台灣」。

就算只從一九六五年算起，這個局葉石濤也已經佈了二十年之久。

不只聽其言，還要觀其行。除了上述一系列「從鄉土到台灣」的戰略突破外，葉石濤最紮實的貢獻，是他的單篇作家評論以及引介。你只要稍微翻一下七巨冊的《葉石濤全集：評論卷》，就會震懾於這人閱讀之勤、觸角之廣，以及最重要的，大局觀之清晰。他的評論有三個方向，一是大量評介日治時代的作家，把被一九四五年大分水嶺切開的文學史補起來，而這是台灣戰後作家普遍欠缺的文學史理解。二是評介日本、韓國、蘇俄、法國、義大利、英美乃至非洲的世界各國作品。當然，他主要透過的是日譯本，但某些作家他接觸之早，恐怕要令當代文青咋舌。比如早在一九八〇年代，他就讀過了亨利．米勒和約翰．厄普戴克，並且為文評介。

第三個方向毋寧是更具有本土意義的：他從一九六五年復出文壇開始，就大量撰寫同時代台灣文學作品的評論。就算零星散論不計，只看有專文評論者，至少就有張文環、吳濁流、鍾肇政、鍾理和、黃靈芝、李喬、七等生、鄭清文、黃娟、季季、林懷民、林海音、聶華苓、陳映真、許振江、吳錦發、舞鶴、黃凡、陳燁……這份名單還可以再拉得很長。幾乎可以這樣說，當台灣的學術體制完全沒有能力也沒有意願研究台灣文學時，他一個人就是一間台灣文學研究所。這樣的名單一排出來，葉石濤的立場就很清楚了。那些黨國咒語很顯然就是功能性的「護身」而已，他作為評論家的問題意識毫無疑問，他就是要建構一系列「為台灣文學而評」的文學評論，為他念茲在茲的「台灣文學史」奠定基石。畢竟要寫文學史，總得先把作家、作品一一整理、定位吧！

身為曾經「杜門不出，自修三年」的政治犯，葉石濤一定比誰都清楚，在這種政治鋼索上失足會發生什麼事。但他還是這麼做了。

就像在二〇〇二年的一次座談會上，葉石濤提起張文環時，曾說：「張文環在那個時代，因為他是台灣人的代表作家，他不得不做很多不應該做的事情……他站在那個position不得不講。」葉石濤年輕時師事的西川滿，剛好就是站在大部分台灣作家的對立面，與張文環打對台的。幾十年來，人事流轉，誰也沒想到當年滿腦子浪漫想法、甚至寫文章攻擊張文環陣營的文學少年，竟會轉而站在撐持台灣本土、寫實主義和鄉土文學的「那個positon」，並且深深體會了當年前輩作家的苦心孤詣。當葉石濤寫下那些黨國咒語時，一定也曾經想起過張文環的處境吧。文字即戰場，像葉石濤這樣的「空軍」，自然要時時調整飛行的姿態，在密集的防空炮火裡找出一條縫隙來。

戰術與戰略擘畫者

順著上面的討論，我認為可以把葉石濤視為「台灣文學」這個領域能夠浮出水面，最重要的戰略與戰術擘畫者之一。不管你同不同意他的文學立場，都應該能夠看到他打的是一個怎樣艱難、漫長的逆風局，而且還是在「政治犯」這樣的案底之身完成，這樣的局需要多強的意志和知識準備去對抗。

我在清大台文所的恩師陳萬益老師，曾經就有過一個貼身的故事，很可以看出文風溫文和藹、自比為「甘草」的葉石濤，內心燃著的是什麼樣的火焰。那是在《台灣文學史綱》剛出版的時候，陳萬益老師訪問葉石濤，問道：「外面有學者說，您這本文學史很不嚴謹，對這點您有什麼看法？」

只見葉老極其罕見地勃然變色：

「你們搞清楚，我是寫小說的耶！是你們這些學者不敢寫，才讓我不得不出來寫。」

是的，這是一個沒辦法讓人專心寫小說的國家。或許，葉石濤就如他的自述所言，很早就認清到自己不可能成為第一流的作家了。但他沒說的是，那不是因為他的才分不足，而是粗暴的跨語政策、肅殺的政治環境，使得他生而為那一代的台灣人，注定難成巨匠。所以一九六五年復出之後，他一生文學活動最精華的時期，卻慢慢從創作、評論雙棲，轉移為越來越高比例的文學評論。這或許不只是單純的個人選擇。

他從一開始就想好了吧。如果他那一代人無法成為巨匠，那他至少要以一己之力，掃平面前的阻礙，讓之後的台灣作家，有機會成為他們既夢想、又不敢夢想的那種第一流作家。

這個局，葉石濤不只打算布二十年，甚至不只他的一輩子。後世的我等文學創作者，統統都還在他的局裡面吧。

葉石濤。一九九八年四月，在高雄左營自宅。攝影：林柏樑。
國立臺灣文學館提供。林柏樑先生授權。

四——整個文壇都是林海音的平衡木

一個小決定

一九六二年，《聯合報》副刊（簡稱「聯副」）主編林海音，收到一份新人的小說投稿。她讀畢稿件之後決定刊登，卻總覺得哪裡怪怪的。細讀之下，她才發現，這篇小說的文字非常怪，句型和節奏是前所未見的，比如：「已經退役半年的透西晚上八句鐘來我的屋宇時我和音樂家正靠在燈盞下的小木方桌玩撲克。」這樣連續三十九字無標點符號的寫法，讓已經擔任主編快十年的林海音非常不習慣，拿起紅筆就要改。以當時主編的權力來說，這樣直接修改不但沒問題，而且是她日常的例行性工作。但她忍不住多讀了兩次，想過幾回，最終還是決定：不改了，這作者這麼寫應該是自有用意，直接刊吧！

相較於林海音這輩子過手的千萬篇稿件，這只是一個很小的決定，如果她自己不說出來，大概誰也不會知道有這麼一念之間。但從事後看起來，這個決定卻對台灣文學史有重大的意義。

因為那篇直接刊載的稿件，是七等生的第一篇小說〈失業、撲克、炸魷魚〉。

而七等生正是因為他那奇詭的思路和文字風格，而成為台灣文學史上的經典的。

如果換了一個敏銳度稍微低一點的編輯，他可能不會刊這篇稿子，或者刊了但把七等生最寶貴的文字風格改掉，那大概就不會有之後在聯副發表的一系列散文「黑眼珠與我」了。這樣一來，七等生那篇經典之作〈我愛黑眼珠〉到底會不會在一九六七年寫出來，也就很難說了。作為主編的林海音，在這個很小的決定上顯現了她的價值：她是真有文學閱讀品味的，而且有足夠寬闊的心態，去理解和接納殊異之物。

所有人的自己人

林海音在戰後文壇地位崇隆，人人都尊稱她為「林先生」——在那個比現在更沙文的年代，這個稱號可不容易——，這靠的不只是良好的文學品味而已。她還有一項特殊能力，就是讓所有人都覺得她是「自己人」。

這種能力，首先來自她得天獨厚的經歷。她一九一八年出生於日本，三歲時隨家人回台居住，五歲再移居北京，在那裡成長、求學、工作、結婚，直到三十歲才又回到台灣。她的父親林煥文是苗栗頭份的客家人，母親黃愛珍則出身於板橋的閩南人家族，這使得林海音從小在一個非常多元的語言環境中成長。她跟母親學台語，聽父親的客家話，再加上青年時代的北京經驗，讓她能說一口道地的老北京話，在中文書寫上也沒有任何問題。從年紀上來看，林海音只比陳千武大四歲，比鍾肇政和葉石濤大七歲，但因為她不需面對困擾這些本省籍作家的跨語障礙，所以在戰後台灣文壇的地位，晉升得遠比這些作家都還要快。當鍾肇政、鍾理和這些作家才剛剛把中文書寫磨練到「還可以」的地步時，林海音已經擔任聯副主編好幾年了，之所以能有這樣快的「進度」，跟她的語言背景有非常大的關係。

由於她的本省人身分，加上台語、客語的能力，讓她在面對本省籍作家時能少一分隔閡、多一分理解。由於她良好的中文能力和文學品味，她也不會被當時主流的外省文壇排斥。這讓林海音成為整個文壇的樞紐，比別人更能左右逢源，而她主編下的「聯副」也就相對有著比較多元的作品風格。

除了語言，她的家世和人際關係也是重要因素。她父親林煥文畢業於日治時代的台灣總督府國語學校師範部，是殖民地菁英。林煥文在校時，睡在他上下鋪有位同學叫作鍾會可，是桃園的客家人，後來也師範畢業、當了老師。而鍾會可，就是鍾肇政的父親。林煥文畢業後，分發到苗栗的新埔公學校教書。他在這裡只教了兩年，但剛好就教到了吳濁流。

這還沒完。林海音的媽媽黃愛珍喜歡打牌，雖然久居北京，但還是習慣跟在北京的台灣人社群往來、吃台灣菜，所以總是跟一群台灣來的太太們一起摸麻將。其中有兩位牌友，就是鹿港詩人洪棄生的太太和媳婦；因為當時，洪棄生的兒子洪炎秋正在北京大學念書，戰後回到台灣之後，不但是散文家和《國語日報》的社長，後來還選上了立法委員。另外一位老太太也來自板橋，跟黃愛珍一家子更親了，她同樣念北京大學的兒子，後來還成為林海音的證婚人。這個人就是在台灣掀起了一陣「新舊文學論戰」，正式將台灣文學帶入「白話文」時代的張我軍。

貴圈不但超亂，而且還超小。

有趣的是，林海音不但在本省人之間關係深厚，在外省人之間似乎也很吃得開。她和丈夫夏承楹都長年擔任記者、編輯，夏家是北京的大家族，幾年的共同生活，大概把林海音鍛鍊得更像一個「老北京」了。林海音也曾自承，當別人問到她是哪裡人時，她的直覺往往都是回答「北京人」。

來台之後，這對夫妻先透過洪炎秋的介紹在《國語日報》任職，林海音同時開始大量投稿各式報刊，連續幾年都有百篇左右的文章刊載。相比於其他本省籍寫作者都還在退稿地獄中，林海音的順遂顯然是因為中文寫作方式和當時的文壇主流氣味相投。與同時代外省作家的文字相較，她的功力甚至更佳，比外省更外省。轉任「聯副」主編期間，她也寫了一篇描寫本省人生活的小說〈要喝冰水嗎？〉投到夏濟安主編的《文學雜誌》上，獲得採用。有趣的是夏濟安寫給她這樣的回信：

這篇小說描寫本省人的生活，很是生動，竊以為這條路大可走得。我們外省人雖然懷念故鄉，本省人的事情，我們也應該寫。小說家應該有廣大的同情，這一點海音女士是當之無愧……

我們外省人。咳咳，夏濟安顯然下意識地搞錯林海音的出身了。或者也可以說，夏濟安並沒有搞錯：林海音身上本來就交織著來自閩客父母的血緣連帶，以及來自北京的文化影響。如果只讀小說文本，確實很難單從文字就判斷出林海音的出身。

逃出「反共文學」的四條路線

在上述的基礎下，林海音展開了她在戰後台灣文壇的文學事業。她最重要的貢獻，是一體兩面的：她拔擢了大量的新人作家；並且以「聯副」為陣地，將台灣文壇的主流風氣，從八股的「反共文學」、「戰鬥文藝」，帶到比較自由也比較正常的純文學創作狀態裡。有部分的評論者注意到前者，也有部分評論者注意到後者，但很少人發現，這兩件事是緊緊結合在一起的。正是因為林海音拔擢了大量的新人作家，才為文壇灌注了有別於「反共文學」的新活力。

一九五〇年代，國民黨在台灣站穩腳跟之後，開始檢討自己為什麼會被中國共產黨打敗。他們後來得出來的結論是：因為宣傳太差，所以失去民心，才會敗得這麼慘；所以接下來的重點，就是要加強宣傳，讓大家知道國民黨多好、知道共產黨多壞。

（……有沒有覺得這個劇本很眼熟。偉哉國民黨。）

總之，為了加強宣傳，他們在文學方面推出的政策，就是「反共文學」。反共文學的內涵如同字面所述，基本上就是在講過去共產黨有多壞、未來共產黨一定會被我們打爆的「ＹＹ小說」。這批小說的特徵，通常就是只描寫過去（共產黨好壞）和未來（共產黨會被打爆），但關於現狀完全不敢提（如果共產黨這麼壞又這麼弱，你國民黨現在怎麼會在這裡？），許多作品只是為了呼應政策、想從官方拿到獎金和稿費而寫的。在半個多世紀後的現在，除了姜貴的《旋風》和陳紀瀅的《荻村傳》等少數較優秀的作品外，大部分的小說都不再有人重讀了。

一九五四年，當林海音接掌「聯副」的時候，面對的正是反共（ＹＹ）小說的全盛時期，包括《中央日報》、《中華日報》、《全民報》、《公論報》、《經濟日報》的副刊，以及《半月文藝》、《寶島文藝》和《野風》等文學雜誌，都以「反共抗俄」作為優先題材。文壇上的有識之士多半對這種風氣感到不耐，只是當檯面上的刊物、政府所辦的徵文絕大多數都支持這種作品時，不願或不會寫這種作品的作家就完全沒有發表機會。這種反共（ＹＹ）小說也形成了天然的省籍歧視結構：大部分本省籍作家都沒有反共經驗，一輩子也沒見過一個共產黨，不管在意願上或能力上都不可能就這個主題寫贏外省籍作家。

而這一切，正是林海音主掌「聯副」時所要避免的。林海音反覆說過她的編輯理念，主要的兩個關鍵字就是「文學」和「自由」。她並沒有說她排斥反共文學，但她使用的修辭是「我們只選好作品」和「作家有創作的自由」，實際上的結果就是排除了劣質的反共文學。根據陳芳明和施英美的研究，林海音時期的「聯副」不但大規模提升了文學作品的比例，這些文學作品更是由底下的四條路線組成：

1、本省籍作家

2、女性作家

3、現代主義作家

4、軍中作家

關於這四條路線的討論，施英美的碩士論文《〈聯合報〉副刊時期（1953-1963）的林海音研究》有著一本抵十本的紮實研究，在此不贅述。但值得一提的，是從比較後設的眼光去思考：「為什麼是這四條路線？」從這個問題裡，我們更可以看到林海音在文壇調和各種勢力的上乘平衡工夫，而這正是為什麼林先生是林先生的原因。

林海音，一九九九年接受《文訊》專訪所攝，於林海音自宅。
文訊雜誌社提供。

以弱制強的平衡木

這四條路線，其實體現了當時文壇上所有爭議的軸線。林海音的精明之處，在於「扶弱制強」，透過文壇內部重視創意、邊緣、非主流的特質，把處在弱勢中的作家派系扶植起來，既能使讀者「耳目一新」（因為之前太邊緣、太非主流了，所以大家都沒看過），又可以在有限的版面中發揮槓桿效果，與官方文藝政策分庭抗禮。

最明顯的例子，就是本省籍作家這條線，林海音巧妙地利用了此一「弱」來減低「聯副」對主流外省文壇的依賴。包括文心、鍾理和、鍾肇政、鄭清文、黃春明、廖清秀等人的作品，都是由林海音首度引入「聯副」這個等級的版面上。如果考量到這些作家後來在文學史上的地位之重要，林海音的「投資報酬率」可以說是高得驚人。而這批本省籍作家為報林海音「知遇之恩」，更是在很多關鍵時刻提供了重要的協助。比如一九六〇年，跟於梨華約好的長篇小說連載沒到，就是鍾肇政的《魯冰花》補上了報紙連載的空窗期——站在鍾肇政的立場，這是大恩惠；但反過來站在林海音的立場，這未始不能說是鍾肇政幫了她這個主編的大忙。

而本省籍作家的日文能力，也為林海音介紹國際文壇消息的版面提供了大量的火力支援，比如卡繆在一九五七年獲得諾貝爾獎的時候，就是靠著本省籍「文友通訊」的同仁施翠峰從日譯本趕工翻譯，才能第一時間刊出《異鄉人》。當一些日本文學作品改拍成電影，成為話題作後，林海音也會立刻託人買到日文原著，帶給鍾肇政，囑他盡速譯出。因此，在鍾肇政和其他朋友的私下信函中，常常有「最近都在忙翻譯，沒空寫小說」之類的抱怨，但出於感恩、稿費、曝光機會等因素，林海音知道鍾肇政等本省籍作家終究還是會答應的；而對鍾肇政等人來說，這種「工作機會」雖然費神、煩人，但畢竟是一筆收入和作家履歷的累積。各取所需之後，雙方達成了平衡的合作關係，這是將本省籍作家的日文根柢視為「奴化」原罪的其他外省編輯無法動員到的資源。

同理，我們也可以看到：之所以吸納女性作家，不只是因為林海音跟琦君、張秀亞、蘇雪林、謝冰瑩、徐鍾珮、鍾梅音、劉枋、聶華苓、張漱菡、郭良蕙、畢璞等女性作家有社群連帶而已，也是因為在當時的主流文壇上，男性作家壓倒性地占有多數。與林海音同等級的刊物主編，僅有林海音一名女性。這些女性作家的稿件提供了剛硬的家國敘事以外的風格。之所以吸納主要由年輕新秀組成的現代主義作家，也是著眼於他們的未來性，以及他們能夠帶來反共文學所無法提供的新美學，因此就有了白先勇的第一篇小說〈小黃兒〉（根據施英美的研究，這可能才是白先勇的第一篇小說，而不是坊間認知的〈金大奶奶〉），也有了歐陽子〈小南的日記〉、陳若曦〈邀晤〉和林懷民的〈兒歌〉（是的，就是那個林懷民——他拿了這筆稿費去報名了舞蹈課）。當然，還有本文一開頭提到的七等生〈失業、撲克、炸魷魚〉。

而軍中作家的引介，更是勢力平衡的關鍵：不願意刊反共文學，但至少要刊有軍方背景的作家，顯示其敬重軍人，忠黨愛國之心無可懷疑，取得某種形式上的「官方認證」。軍人參與寫作這件事情是受到官方鼓勵的，因為這符合反共宣傳的國策。同時，某些軍中作家固然是靠著寫作的才華躍上文壇，但還是肩負著掌握文壇局勢的情報任務，因此如何調和與軍中作家的關係，就變得非常重要。

在林海音主持的「聯副」裡，至少就刊出了「軍中三劍客」朱西甯、司馬中原、段彩華的文章，以及張放、公孫嬿、楊念慈、墨人等作家的作品。林海音吸納的是一群意識形態上仍然大致不逾黨國框架，但對於反共文學的單調乏味早有不滿、力求突破的作家，因而在政治上和作品質上維持了很好的平衡。

綜合以上，你會看到整個文壇都是林海音的平衡木。在她主編的版面裡，本省與外省、男性與女性、寫實主義與現代主義、官方與民間、前衛與保守都能大致平衡，各有所獲。這當然不是說每個人都滿意林海音的作為，比如「文友通訊」的本省籍作家，有時候還是會抱怨林海音沒有給他們更多的版面。在某次「文友通訊」聚會當中，林海音夫婦受某位作家之邀前來，那位作家卻沒有通知所有人，導致席間有人刻意全場都講日語，要給林海音夫婦難看（這大概是唯一可以嗆到林海音的方法了，不管講台語還是客語都沒用……）。但身處複雜的文壇，本來就沒辦法做到讓每一派系每一成員滿意，能夠維持各方面都「不滿意、但可以接受」的局面，並且讓每個派系的作家公開提到林海音，都必須敬稱一聲「林先生」，難度就已經非常高了。

大概也只有在跟林海音相關的場子上，可以看到余光中、彭歌、鍾肇政、鍾理和、黃春明、朱西甯、謝冰瑩、郭良蕙……這些人的名字被排在一起了吧。「林先生」恐怕是這些平常互有嫌隙的作家派系中，罕見的公約數。

當然，上述的說法並不是要抹殺林海音對這些作家的關愛之情。只是除了關愛以外，她還有許多冷靜專業的判斷，兩者合一，才成就了這麼優秀的編輯。關於此，林海音自己的理解很實在。當有人稱揚她提拔本土作家的功績時，她的回答是：「他們的作品大量湧進，使我這主編者的形象上更進一步，每天都有充滿鄉土色彩的好作品刊登出來。可以說聯合副刊的面目之所以與眾不同，正是他們給我主編的光彩。」這既是漂亮的場面話，也是不卑不亢的事實陳述，她非常清楚知道自己的榮耀從何而來，自己的分際又該如何拿捏。

林先生早起看書報，林先生早起忙……

然而，個人的能力再怎麼樣精巧，面對戒嚴時代龐大的政治壓力，還是很難

林先生家的客廳。圖為林海音、何凡夫婦與琦君夫婦、彭歌、姚宜瑛、潘人木、隱地等人餐敘合照。
國立臺灣文學館提供。

永遠安然前進的。

一九六三年四月二十三日，林海音主編的「聯副」刊出了這麼一首詩：

〈故事〉　作者：風遲

從前有一個愚昧的船長
因為他的無知
以至於迷航海上
船隻漂流到一個孤獨的小島
歲月幽幽，一去就是十年的時光
他在島上邂逅了一位美麗的富孀
由於她的嫵媚和謊言，致使他迷惘
她說要使他的船更新，人更壯，然後啟航
而年復一年，所得到的只是免於飢餓的口糧

她曾經表示要與他結成同命鴛鴦
並給他大量的珍珠瑪瑙和寶藏
而他的鬚髮已白，水手老去
他卻始終無知於寶藏就在他自己的故鄉
可惜這故事是如此的殘缺不全
以致我無法告訴你那以後的情況

詩作刊出後，台灣警備總部認為這是在影射蔣介石和國民黨，判了作者三年五個月的徒刑（真不知道是缺業績、想像力太豐富還是太心虛……）。事情傳到《聯合報》，報社方面與林海音溝通之後，林海音迅速辭職，為報社扛了這件事，結束她在「聯副」十年的主編職位。這在文學史上稱之為「船長事件」。此後大概有十年的時間，各家的報紙副刊都對刊登新詩作品有所忌憚，間接催生了更多詩刊；而「聯副」則在林海音經營的基礎上，漸漸成為台灣最有影響力的文學副刊，直到一九七〇年代遭遇《中國時報》「人間副刊」的挑戰為止。

在林海音及其支持者後續的辯解中，我們可以看到林海音保守、中庸的政治性格。就算事過境遷，林海音的辯解焦點還是放在「我秉持的是文學性，並沒有考慮政治」。她的女兒夏祖麗在多年以後採訪該詩作者王鳳池，也花了大量篇幅申說「這首詩並沒有批評政府的意思，這是誤會一場」。然而問題的根源並不是你有沒有考慮政治，也不是這首詩到底是不是為了譏刺蔣介石而作，而是：是又怎麼樣呢？憑什麼政府就可以因此抓人、對報社施壓？

我們不知道林海音心裡面，是否曾經浮起過上述的念頭，但無論如何，在戒嚴時代不可能這麼說、在解嚴之後她也從未這麼說過，現在我們是永遠不會聽到她內心真實的想法了。比照解嚴之後，就盡可能說出政治上受過什麼委屈的其他作家，林海音是更逞強也是更圓滑的，總是輕描淡寫地說「沒事」。但如果真的如表面上那樣的若無其事，夏祖麗所撰寫的《從城南走來：林海音傳》，就不會花不成比例的巨大篇幅來談「船長事件」了吧。

這讓我想到林海音這輩子寫過最著名的句子——不是來自〈爸爸的花兒落了〉，而是來自國立編譯館的小學國語課本第一課：「爸爸早起看書報……媽媽

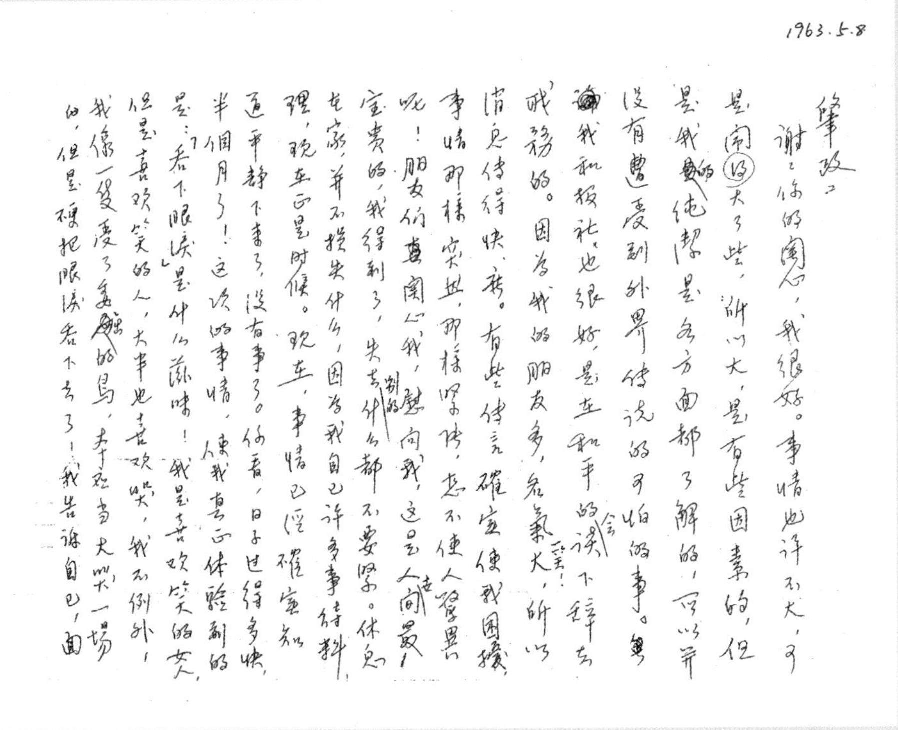
1963.5.8

肇政：

謝謝你的關心，我很好。事情也許不大，可是鬧得大了些，所以大，是有些因素的，但是我的絕對是多方面都了解的，可以并沒有遭受到外界傳說的可怕的事。無論我和報社也很好，是在和平的會談下辭去職務的。因為我的朋友多，名氣大，所以消息傳得快、廣。有些傳言確實使我困擾，事情那樣突然，那樣緊張，怎不使人驚異呢！朋友們真關心我，熱向我，這是人間最寶貴的，我得到了，失去什麼都不要緊。休息在家，并不損失什麼，因為我自己許多事待料理，現在正是時候。現在，事情已經確定知道平靜下來了，沒有事了。你看，日子過得多快，半個月了！這次的事情，使我真正體驗到的是：「吞下眼淚」是什麼滋味！我是喜歡笑的女人，但是喜歡笑的人，大事也喜歡哭，我不例外，我像一隻受了委屈的鳥，本來想大哭一場的，但是硬把眼淚吞下去了！我告訴自己，面

林海音致鍾肇政函（一九六三年五月八日）。
國立台灣文學館提供。

早起忙打掃……」

是的，這兩句是她寫的。這兩句寫入課本後，因為有加深學生性別刻板印象之嫌，引起不少批評，後來就把後句修改為「媽媽早起做早操」了。但根據林文月的說法，面對這些批評：「海音姐為此甚為不悅，她說：『這有什麼不好？我們家本來就這樣嘛！我每天早晨掃地；不但掃地，還抹桌呢！』」

從這裡我們看得很清楚：林先生並不是一個具有「進步」或「基進」理念的人，即使和她同時代的人相比，她的觀念有時都還是偏保守的。這也就不意外她在「船長事件」後的態度了。

但也在這樣的細節裡，我們可以看出林海音真正的樣貌。她並不是那種超前於時代的人物。「林先生」更重要的意義，毋寧是在那樣限制重重的時代當中，務實地發揚她有限的文學理想。即使有限、保守，那些理想仍然是優於官方版本和主流風氣的。她能夠在掌握文壇重要的權力和資源之後，仍不改其志，繼續朝著那現在看來有限保守的理想前進，完成她在文學史上的階段性貢獻——巨大的階段性貢獻，看看她把多少本來沒機會的作家送進了主流文壇——不曾腐化、墮落，光是這一份品質，就值得後人念想了。

在戰後一片荒蕪、極端不公平的文壇裡，林先生確實是早起，並且勤於打理那一方書報版面的。

你有才氣，不該做傻事

林海音之所以在文壇人脈廣闊，除了公共層面的貢獻，對作家們的私人照顧、提拔，更是不遺餘力。在季季《行走的樹》中便曾提到一個經典案例：一位因為白色恐怖入獄的青年楊蔚，在獄中開始嘗試寫作，投稿到「聯副」，刊上了幾次。後來，楊蔚出獄，因為在台灣沒有親友、政治汙點也讓他找不到工作，遂在絕望之中，於公園自殺。

楊蔚的自殺沒有成功，被送到醫院救治，並且有小篇幅新聞報導此事。林海音無意間在社會版看到這則報導，立刻趕去醫院。楊蔚一清醒，就見到了等候在病床旁的林海音。林海音問：「你是那個幫我寫過稿子的楊蔚嗎？」楊蔚答是。林海音就說，你文筆好、有才氣，不應該做傻事。於是在林海音的幫助下，楊蔚到《自立晚報》當記者，慢慢有了文名，成為活躍一時的專欄作家。

不過，也正是因為林海音救助了楊蔚，才讓他牽動了陳映真等人的命運……

妳是不是我的親戚

林海音的反應機敏、手段圓滑，常能在人際進退之間面面俱到。數年前，我便從鍾理和的家人那裡聽見一樁軼事。

鍾理和去世之後，為照顧鍾理和的兒子鍾鐵民，林海音遂將鍾鐵民招攬至《純文學》雜誌擔任編輯。後來，鍾鐵民的妹妹鍾鐵英到台北探訪哥哥，林海音熱情招待妹妹住下。隔日早上，林海音偕鍾鐵英到市場買菜，肉販遠遠看到兩人，就用台語問林海音：「這是妳新請來煮飯的嗎？」

鍾家人雖然是美濃客家人，但鍾鐵英也聽得懂台語，當下有點尷尬。只見林海音先用台語跟肉販引開了話題，隨後轉向鍾妹妹，用客語說：「剛剛他問我，妳是不是我的親戚！」

就這麼幾秒鐘、兩句話，林海音同時幫所有人搭好了台階。

五

——煞氣 a 被殖民者陳千武

一九三八年，就讀台中一中三年級的學生陳千武，穿著制服、背著書包、拿著他這學期的註冊費走出了家門。好幾個小時之後，他的家人才發現這位同學根本沒去上學，而是坐上了一班開往日本的輪船。

他想要去東京「打天下」。

不知該說幸運還是不幸，他那小有人脈的父親得知此事之後，緊急請人拍發電報給船長，在陳千武下船前一刻截住了他，原船帶回台灣。

陳千武的故事，其實正是成千上萬在日本時代被殖民者壓制，卻又稟賦優秀的台灣人的故事。他們一方面飽受欺凌、壓抑，對殖民地社會的雙重標準十分不爽；一方面卻又不放過任何體制內嶄露頭角的可能性，而且眼光總是注視著更高一階的世界舞台，大有一種縱橫地球的氣魄。

就讀台中一中時期，陳千武人長得帥、是柔道部的主將、又能順暢地使用日文創作，還受邀加入一個以日本人為主體的詩社，他是唯一的台灣人，而他自認為程度不輸給裡面任何一個日本人。在林政華的〈陳千武先生文學年譜〉中，陳千武十六歲那年的條目寫著：「和謝姓同學在台中公園邊賃居，住了一學期，喜

陳千武（右）就讀台中一中時。
圖片來源：南投縣政府文化局陳千武文庫網站。
陳明尹先生授權。

看小說、交女友。」是的，他把「交女友」寫成興趣，這當然帶有某種老一輩男人的沙文感，但同時也可以看到這個人的個性，根本狂到要滿出來。

而且這並不是年少輕狂而已——這份年譜發表於二〇〇三年，「交女友」這樣的細節很顯然只可能出自於本人的口述，而當時陳千武已經超過八十歲了。

你看我沒有，我偏要做給你看

陳千武的整個人生，幾乎都在這種「被殖民者欺凌」和「你看我沒有，我偏要做給你看」的兩條軸線中絞纏前進。中三的時候，身為柔道部主將的他，聯合劍道部主將陳嘉豐兩人，動用自己在校內學長學弟制的威信，帶頭抵制皇民化運動中的「改姓名運動」。等到校方發現校內學生改姓名的「業績」異乎尋常地低時，才循線找到了這兩名首腦。在強大的業績壓力下，校方只得決定軟禁這兩人，以免他們繼續在校內散發影響力。

這個例子本身就極富有象徵意義：陳千武作為一名台灣人，在日本人形塑的校園文化（學長學弟制）和日本人大力推廣的運動項目（柔道）中表現優異，表面上看來好像是他屈服於日本的殖民體制了；但他卻又反過來利用在此累積的優勢對抗日本人。在他的身上，我們可以看到被殖民者的複雜性，妥協與頑強、屈從與對抗時常是互為表裡的。

一九四三年，陳千武成為台灣第一屆「特別志願兵」，加入了日軍侵略東南亞的部隊。據他的說法，他其實根本沒有「志願」，而是在徵兵幹部和警察的威脅之下才簽了志願書。但同時，陳千武在言談中也一直非常自豪，他從二等兵開始，一路因為表現優秀而升上了兵長——又是一個被欺凌、但我偏要做給你看的腳本。也因為這段戰爭經歷，「密林」從此成為他詩作中反覆出現的意象，他也寫了《獵女犯：台灣特別志願兵的回憶》這一系列的戰爭小說。

（當然，喜「交女友」的他，在裡面寫了好大一群橫跨各個種族的女性角色。）

在日軍無條件投降後，陳千武所屬的部隊劃歸給英軍管轄，在東南亞的幾個城市之間輾轉流離，等待遣送回台灣的船隻。他要到真正踏上故鄉土地後才會發

陳千武（左二），一九四二年台灣陸軍特別志願兵訓練，於台北六張犁。
圖片來源：南投縣政府文化局陳千武文庫網站。陳明尹先生授權。

現，日本殖民時代雖然過去了，但在台灣等著他的卻是另外一個與殖民政權幾無二致、而且更加粗俗鄙陋的中華民國政府。一九四六年，他在雅加達等待遣返，同營的台灣人們開始學起了「國語」——因為他們早就風聞，在台灣改朝換代之後，他們最慣用的日語將要全面毀棄了。但可能是師資、教材都很缺乏的關係，他們的「國語」還是學得很差，陳千武只在老師的要求下學會默寫〈國父遺囑〉。他每次提到這件事，總是不無諷刺地，把背誦〈國父遺囑〉這件事，與日本時代要背誦天皇的〈教育敕語〉的事情相提並論。

戰爭和殖民都結束了，但新時代並沒有開始，台灣人反而像是駛入了另外一條更泥濘的航道。

讓語言自己來找我們

陳千武和前兩篇我們談過的鍾肇政、葉石濤屬於同一個「（被）跨語」世代。他們年少時期都經歷完整的日語教育，因而在戰後國民政府粗暴禁絕日語的政策之下，硬生生被折斷了作家之筆。他們都經歷了一場十數年左右的「復健期」，大概要到一九六〇年代左右才開始重新回到文學創作之路上。一九四六年年底，陳千武剛被遣返回台灣時，正因為語言能力的問題找不到工作。後來被介紹進入林務局，需要考「國語」科。正當陳千武覺得，自己那破爛的國語能力完全不可能應付考試，準備要洗洗睡的時候，主考官出題了，總共只有一題：

默寫〈國父遺囑〉。

真是一個適合罵髒話的時刻。

因為這樣的好運氣，陳千武進入林務局八仙山林場工作，負責管理一千五百名伐木工人的人事工作。在南洋戰爭的末期，他也曾經被日軍派去管理五百名當地原住民，指揮他們種植玉米，補充軍糧。因此不難想像，這個工作他基本上勝任愉快，除了剛開始寫公文很不順，需要隔壁同事先寫好給他抄以外。由於林務局的公務員多以外省人為主，沒辦法和以台語、日語為主要語言的伐木工人溝通，陳千武更加成為重要的樞紐。但也在這段期間，因為拒絕了人事室長官要求他刺探伐木工人的政治態度的命令，因而在「安全紀錄」上留下了「汙點」。在往後十數年，他幾度申請出國，都因為有這樣的「政治汙點」而受阻。

一九六〇年代之後，重拾文學創作之筆的陳千武，面對語言轉換的困擾，卻和他同輩的其他本省籍作家有著完全不一樣的應對態度。無論是鍾肇政還是葉石濤，他們筆下的中文乍看之下雖無問題，但以比較嚴苛的文學創作標準看來，都是缺乏風格和意趣的寫法。他們可以寫得很工整、很文雅，就像我們初學英文時，永遠只能寫出文法完整、但以此為母語的人會覺得笨拙的句子。這兩人也對此深有自覺，因此都在不同的場合說過，他們認為自己無法成為一流的作家。因為他們畢竟都不是在中文的環境下長大，後天無論如何磨練，書寫上總是有其極限。作為一個作家，讀盡了世界第一流的文學作品，卻因為政治因素而只能看著自己寫下生硬的文字，這或許是比窮苦貧困還更難忍受的拖磨。

但陳千武不同。或許是因為他身為詩人，對於煉製文字的心法要比葉、鍾二人有更多的體會，他似乎很快就知道，像他這樣的「（被）跨語世代」作家，如果把全部精力拿去「把國語學好」，是一條死路——你要怎麼憑著標準中文，去跟當時文壇上那些外省作家競爭？你標準也標準不過他，要花槍也沒有人家的靈活，那是以短擊長，注定落敗。他的策略更傾向於「破罐子破摔」：好吧，我中文就是破爛，我偏把它砸得再破爛一點，看能不能摔出一點你們這輩子從未見過的紋路。這是劍走偏鋒，大概也只有像陳千武這麼煞氣又充滿自信的創作者才敢走這道偏鋒。

於是，當所有與他同世代的作家，都在苦苦追逐國民政府強行移植的「標準語言」時，只有他一人霸氣地說：「我們要讓語言來找我們。」

把中文改造成台灣人獨有的樣子。總有一天，要換你們倒過來追逐我們。

齊開向你我前程

可想而知，這樣心高氣傲又才華洋溢的陳千武，在戰後的戒嚴環境裡面過得不會太愉快。但即使在這樣的壓抑環境中，他還是有辦法做什麼像什麼，把一切都搞大。一九六四年，日本時代的老前輩吳濁流決定創辦一個本土作家專屬的文學雜誌《台灣文藝》，邀請了包括鍾肇政、陳千武在內的一群本省籍作家開會討論。這本雜誌後來主要由鍾肇政掌舵，從中挖掘了大量的新秀小說家。包括葉石濤，也是剛好在路邊買到一本《台灣文藝》，才曉得「原來台灣作家已經集結起來了」而有復出之志。雖然這本雜誌如此重要，但不管是吳濁流還是鍾肇政，都有一個從日本時代留下來的偏見：他們認為，所有文學類別中，小說是最重要的，詩歌僅是「其餘」。再加上吳濁流本人是一名熱愛古典詩的詩人，更是看不起新詩這個文類。

受此座談會的刺激，陳千武並沒有加入《台灣文藝》的編輯陣容，反而另外糾集了林亨泰、趙天儀、杜國清、白萩等詩人，另組了「笠詩社」，發行《笠詩刊》。事實上，這兩個文學團體在美學上、政治立場上並沒有太大的差異，同樣是強調本土的、寫實主義的路線，但由於主事者的類型偏見，從此就一分為二，成為戰後本土文壇的兩大陣地。雖然在刊物內容上偶有交會，但《台灣文藝》大致就是以小說為主力，《笠詩刊》基本以新詩為主力。陳千武長期都是笠詩社的核心成員，推動各項社務。從一九六四年開始，他開始不斷將日本的詩論、詩作翻譯成中文，包括三好達治、西脇順三郎、高橋喜久晴、田村隆一等人；同時也將「笠詩社」同仁的詩作翻譯成日文，透過互有往來的日本詩人傳播出去。以日本的詩人社群為起點，笠詩社也逐漸將觸角伸向韓國，多次參與了台、日、韓三國聯合的亞洲詩人交流活動。在戒嚴時代的封閉環境下，輸入國外的文學資源已是難事，陳千武等人還能逆向輸出，這更是不容易的事。

陳千武中年以後，頗有一種暖身完畢、火力全開的氣勢。他同時寫詩、寫小說、寫評論、參與文學社團、投入兒童文學的撰寫，還翻譯了不少作品（包括《星星的王子》——沒錯，就是聖修伯里的《小王子》，那是台灣第三個譯本）。

一九七〇年代，他的堂兄陳端堂選上台中市長，他被延攬入市府工作。在這段期間，他結合企業捐款，設立了「台中文化中心」，並且以此為據點舉辦地方的藝文活動。現在在台中市一中街附近的「文英館」，它的前身就是這個文化中心。這是全台灣第一個文化中心，後來其他各縣市之所以仿效跟進，就是因為蔣經國來台中視察時，覺得這個模式不錯，就順帶「收割」成他的「十二項建設」之一，下令全台各縣市必須成立。隨後，更在中央層級設立了現在文化部的前身「文化建設委員會」。

此時，陳千武一方面於體制內大顯身手，一方面卻又透過詩作表達出他對政府的不滿。諸如《媽祖的纏足》的多首詩作，都看得出他對戒嚴體制的滿滿怨念；《獵女犯：台灣特別志願兵的回憶》當中，只要是提及戰爭結束之後，台灣人的未來，字裡行間馬上就會浮起滿滿的苦笑。

在閃靈樂團描寫日本殖民時代的〈皇軍〉一曲當中，有段奇妙的歌詞：「大港起風湧／堂堂男兒欲出征／氣勢撼動TAKAO／齊開向你我前程……」如果對日本殖民時代的複雜性不夠清楚，也許會覺得很難理解：被徵召成為皇軍，這是要去當殖民者的炮灰，為何閃靈會用這麼氣勢磅礡的詞句來描寫這段故事？「齊開向你我前程」，到底迎向的是怎麼樣的前程？但只要回頭印證陳千武的故事，我們就能看出，這底下充盈的是被殖民者的硬氣。不管在日本時代，還是中華民國在台灣時期，像陳千武這樣秀異的被殖民者，都是頂著政治結構的沙塵暴在荒野中行走的。從後見之明來看，我們當然可以批評他缺乏更廣遠的結構視野；缺乏絕對的意志，與殖民者徹底決裂；也當然可以把他的志願兵經歷和戰後體制內經驗視為某種妥協和投降。但如果只是這樣看，那就太浪費他活出來的這則故事了。

那是赤腳走過荊棘地時，也不喊一聲痛的意氣。面上全是不在乎的神情，衝著殖民者一笑：你看，我這不是做到了嗎。

六

愛在冷戰蔓延時：聶華苓的文學生涯

一九六三年的那場酒會

你願不願意到愛荷華作家工作坊去？我突然轉身問她。我看過你小說的英文翻譯，麥卡錫介紹給我看的。

她愣了一下。她早已知道愛荷華作家工作坊。一陣長長沉默，終於說：不可能。

——保羅．安格爾的回憶錄，摘自聶華苓《三輩子》

一九六三年的一個晚上，聶華苓正在考慮要不要赴一個酒會的邀約。由於美國詩人保羅．安格爾（Paul Engel）來台訪問三天，聶華苓等一批台灣作家接到了「美國新聞處」的邀請。在那個年代的台北，美新處是少數會辦「酒會」這類洋派活動的單位。

聶華苓此時的心情並不適合參加酒會。這正是她一生中最低潮的時刻：她的婚姻完全破裂，丈夫遠走美國；在空軍服役的弟弟飛機失事，幾年後，相依為命的母親又因病去世；更令人窒息的是政治——就在一九六〇年，她任職了十一年的雜誌社《自由中國》被政府抄家，原因是他們鼓吹自由民主，她的上司雷震被捕，雜誌社同仁若非同樣入獄，就像她一樣日夜遭到特務的監視與竊聽。戒嚴時代的政治恐懼如同瘟疫，親朋故友紛紛走避，什麼文學夢想當然也都不用談了。現在，聶華苓活著唯一的理由，只剩下兩個年幼的女兒了。

然而就在轉念間，聶華苓還是去了。這一去不但改變了她的命運，也將在冷戰時期的世界文學史刻下重重的一筆。她在酒會上認識了安格爾，安格爾對她幾乎是一見鍾情，在台北三天都想見她，即便剛開始她心情積鬱，表現得十分冷淡。安格爾不怕冷淡，他本人就是破冰能手。在第二天的一個晚宴裡，他一見聶華苓赴約就心情大好，當場耍寶起來：他戴起眼鏡，正經八百地用筷子夾起一顆鴿子蛋——他完全知道一個美國白人在一群台灣人之間表演用筷子，是多麼搞笑又能滿足全場自尊心的把戲。眾人果然大笑，包含坐在他旁邊的聶華苓。安格爾後來的回憶文字寫道：

我戴起眼鏡用筷子揀起滑溜溜的鴿蛋，還照了張相，大張口得意地笑，是我這輩子最愚蠢的樣子。華苓大笑。在那以後我再沒吃過鴿蛋。一個就夠了。現在，每當我在愛荷華看見鴿子飛過，閒雅地搧著彩虹翅膀，我就充滿了感激，鴿子幫我逗華苓笑，逗她和我一道走出門，改變了我的餘生。

我想鴿子對於他的感激，應該頗為啼笑皆非。他可是吃了人家的蛋。聶華苓是不是因為「筷子夾鴿蛋」的把戲而愛上安格爾，決定隨他一同遠赴愛荷華，這點外人不得而知。但安格爾在那三天的追求攻勢確實猛烈。他不斷力邀聶華苓到愛荷華大學的「作家工作坊」，那是全美國第一個以文學創作為主軸的研究所，學生以作品代替論文畢業，在美國極負盛名。愛荷華作家工作坊當時的主持人正是安格爾。於是，就有了文章最前面的那段對話。

安格爾問了很多次，每次聶華苓的答案都是「不可能」。這個答案頗值得玩味，聶華苓不是說「我不想」，而是「不可能」——聶華苓個性明快，真要拒絕一個才認識三天不到的男人，是不必吞吞吐吐的。這意味著，真正使她不能前往愛荷華的並非意願問題，而是一些身外的因素。

但安格爾並未放棄。他離開台北的前一天晚上，兩人乘計程車在台北市區內繞了一整夜。隔天聶華苓去送機，安格爾還是問：愛荷華？接下來的三個星期，安格爾繼續進行他的亞洲作家訪問之旅，聶華苓每天都會接到一封他的信。那是個沒有Email的年代，安格爾談戀愛的裝備就是一台手提打字機，從菲律賓、從日本、從亞洲的各個角落寄來。

在數不清幾個「不可能」的答覆後，事情竟然成了。

一九六四年，聶華苓啟程前往愛荷華的「作家工作坊」，逃離了令人拘束窒息的國民黨政府。

從政論雜誌開始的文學夢想

如果聶華苓不是作家，就不可能列名在美新處的邀請名單上。那她自然也不會認識安格爾，不會有機會到愛荷華，更不會有機會和安格爾聯手，把愛荷華的「作家工作坊」擴大成全世界知名的文學殿堂「國際寫作計畫」。

而這一切，都是從一份政論雜誌《自由中國》開始的。

一九四九年，聶華苓剛逃到台灣，正在找工作。經朋友介紹，她加入了由雷震創辦的《自由中國》。《自由中國》是一個由開明的國民黨知識分子所創辦的雜誌，除了本身就屬黨政要角的總編雷震以外，掛名的發行人是胡適，編輯團隊有當時的教育部長杭立武，以及毛子水、殷海光、夏道明、戴杜衡等人。他們既不支持共產黨，更不屬於台獨，但因為鼓吹民主自由，這個雜誌就日漸成了蔣介石的眼中釘。而這樣一群非常政治的知識分子所組成的政論雜誌，自然不是以文學創作為編輯重點。這或許也是雷震會聘用年方二十四、初出茅廬的聶華苓的原因——畢竟以他良好的黨政關係，如果想要全力發展文學版面的話，多的是名聲響亮的文壇大老可以選擇。

然而，正是這樣稍微邊緣的位置，將聶華苓養成為一位重要的作家。聶華苓起初負責的是初階的文稿編輯，之後才被雷震發現她很能寫，便授權她主編《自由中國》的「文藝欄」。《自由中國》是政論雜誌，文藝欄僅是點綴，只要政治上不出問題，聶華苓都可以自由編選。也因此，此一「點綴」的欄位，反而有非常亮眼的成績。梁實秋〈雅舍小品〉、朱西甯〈鐵漿〉、林海音〈城南舊事〉、陳之藩〈旅美小簡〉等一系列名篇，都是在聶華苓主編的文藝欄首度刊出的。這不但使得《自由中國》文藝欄遠遠甩開其他反共八股的報刊，成為一九五〇年代最精彩的文學版面之一；也讓聶華苓結識了一批活躍的作家，進入了文壇的人際網路中。

而最早鼓勵聶華苓寫作的人，也是《自由中國》的同事殷海光。雷震透過黨政關係，跟政府要了幾棟房子當作編輯團隊的宿舍——光是這一舉動，就不知比戒嚴時代其他咬牙苦撐的民間刊物豪華幾倍——，聶華苓一家和殷海光便是宿舍裡的鄰居。殷海光好惡分明，始終讚賞聶華苓的文筆。一九五二年，胡適從美國返台，雷震想要大做一波新聞，藉胡適的國際聲望來保護《自由中國》，於是要聶華苓去接機、獻花。聶華苓婉拒了。殷海光聞此拍桌大讚：「好！妳怎麼可以去給胡適獻花！妳將來要成作家的呀！」要「成作家」就不該去接機，此中的邏輯非常微妙，但由此可看出他對胡適的鄙夷，與對聶華苓的支持。

在評論上銳利無匹的殷海光，表達關懷的方式卻很迂迴。那時聶華苓的經濟狀況不好，只能用沾水筆寫作。殷海光知道了也不作聲，某次拿到稿費，便買了枝新的派克鋼筆，拿給聶華苓的母親看。聶母與殷海光交情很好，每次見殷海光拿稿費去買書、買花、買點心，就會叨唸著說要幫殷海光「保管」稿費，這次買了新鋼筆，自然少不了再唸一頓：原來的鋼筆又沒壞！殷海光答：「舊筆，可以送人嘛！」一轉身進了書房，把舊筆拿給聶華苓，結巴地說：「這——這支筆，要不要？舊是舊，我可寫了幾本書了。你拿去寫作吧。」

殷海光為人孤僻，但對聶家十分親厚。他曾提到自己夢想建立一座莊園，只有文學家、藝術家、哲學家能住進來，他自己就在裡頭當哲學家跟花匠，每天在幽靜的莊園裡頭散步。他想像莊園裡有座圖書館，只有受到他允許的人，才能進

自由中國

FREE CHINA

第十八卷 第二期

目錄

中華民國四十七年一月十六日出版

社址：臺北市和平東路二段十八巷一號

《自由中國》雜誌第十八卷第二期。從目錄看來，大多數內容都是政論，僅有聶華苓編、寫的少數文學性文字。國立臺灣歷史博物館提供。

去閱讀，這樣的「會員資格」不超過二十人。莊園的邊上，要蓋幾棟小房子送給朋友，其中一棟就是給聶家的；聶華苓想必占的是「文學家」的缺吧。

如果一切平順，也許聶華苓就這樣寫下去，成為眾多台灣作家的一員了。但威權體制本身就是人造的大型災難，像《自由中國》這些自由主義知識分子，是不可能有安穩日子的。一九六〇年，雷震被誣陷「知匪不報」，因此入獄十年。雷震的老部屬劉子英在特務指使下，偽稱自己是匪諜，誣指雷震包庇了自己；雷震的司機則被大卡車撞死，臨終前告訴雷太太，自己早被特務收買，供出雷家內部的情報，這一撞是殺人滅口。

時人看得很清楚：所謂「知匪不報」只是莫須有的罪名，雷震真正的「罪狀」是籌組反對黨，以及《自由中國》種種批評蔣介石政權獨裁威權的言論。於是，以雷震為震央，《自由中國》諸君也自然陷入政治風暴，傅正、馬之驌等人被判刑，殷海光、聶華苓等人都遭到特務監視，雜誌自然也停刊了。此時的殷海光已搬遷到溫州街（即現在的「殷海光故居」），門口始終都有便衣，電話線也永遠被竊聽。聶華苓在特務的監視下日夜緊張，斷絕了過往的人際網路。根據她在《三輩子》裡面的說法，除了台大、東海兩座大學邀她講課以外，她幾乎完全與社會隔絕。

聶華苓就是在這樣的背景下，參加了前述的酒會並結識安格爾。從聶華苓的角度來看，安格爾的愛荷華之約固然是一見鍾情的浪漫，也未始不能說是逃出政治牢籠的機會。而當她對安格爾屢屢說出「不可能」的時候，她真正的意思是：不是我不想去，但以我的政治背景，蔣政府不會放我出國的。

然而近乎奇蹟地，隔年聶華苓真的成功出國，開啟了文學生涯中最燦爛的愛荷華時期。不過，在一九六四年赴美的當下，她可能還無法預知未來會有多燦爛。雖然參加了「作家工作坊」，又主持「國際寫作計畫」，但她有好幾年其實寫不出什麼東西。直到一九七〇年，聶華苓才重拾創作之筆，以中文開始撰寫她最重要的代表作《桑青與桃紅》。這一年，正是殷海光飽受軟禁封殺的身心之苦，於青壯四十九歲之齡去世的隔年；這一年，也是雷震十年苦牢出獄的一年。這樣近乎巧合的「再開機」時間，冥冥呼應了《自由中國》時期的文學養成。在台灣極少涉足政治的聶華苓，終於寫了一本極為政治的《桑青與桃紅》。這篇小說最初在《聯合報》連載，在它因為政治題材被查禁之前，聶華苓將稿費悉數轉贈給了剛出獄、經濟拮据的雷震。

全世界最閃的文學小屋

聶華苓抵達愛荷華之後，很快便與第一任丈夫離婚，並與安格爾再婚。作家伴侶感情如膠似漆者不在少數，但在回憶錄裡面一閃再閃，整本讀來如此嚴重傷害讀者視力的，就並不常見了。有次，安格爾去上班，聶華苓從家裡打給他：

Paul在學校辦公室。我從家裡給他打電話。

喂！Paul像中國人一樣回應。

我大笑：你怎麼知道是我？

電話鈴的聲響不同，透著點兒溫柔。

Paul，你回家的時候，順便帶幾個信封回來。

我很失望，你不是要我回家，只是要信封。Paul說完哈哈大笑。

其他諸如看醫生時被問及有沒有抽筋症狀時，安格爾回答「第一次見到聶華苓的時候」（為什麼要這樣傷害醫生）；或在稱讚聶華苓時講出「妳的腦子很性感，妳的身子很聰明」這類句子（詩人的專業是這樣用的嗎），案例族繁不及備載，我們暫且打住。

這對作家伴侶，就在這樣濃情蜜意的氛圍之下，創辦了愛荷華「國際寫作計畫」。在安格爾認識聶華苓以前，本來就是愛荷華「作家工作坊」的主持人，學生包含寫了《好人難遇》（*A Good Man is Hard To Find*）的小說家芙蘭納莉．歐康納（Flannery O'Connor）。一九六七年，他從主持人的位置退下來。根據聶華苓的說法，他們常常帶著酒、肉，在住家附近的河面上乘小船閒蕩。就在船上，聶華苓突發奇想，對安格爾說：「何不創辦一個國際性的寫作計畫？」原本「作家工作坊」是以美國作家為邀約對象，讓作家來愛荷華駐校、授課、交流；聶華苓的建議，是升級為國際版本，以全世界的作家為邀約對象。

安格爾的第一反應是：「愛荷華大學瘋瘋顛顛的作家還不夠嗎？」

說是這麼說，但這個計畫迅即在一九六七年付諸實行了。從那時到現在，「國際寫作計畫」邀請了超過一千兩百名世界各地的作家前往愛荷華。他們偶有公開活動，更多時候是在聶華苓與安格爾的招待下，與彼此交流閒談。聶華苓對「中國作家」的交流有極大的熱情，力圖在政治分隔的情況下，邀請台灣、中國、香港、新加坡等地的作家前往愛荷華。台灣作家如白先勇、楊牧、王文興、王禎和、鄭愁予、陳映真、蔣勳、商禽、吳晟、王拓、李昂、宋澤萊、張大春等人；中國作家如丁玲、艾青、汪曾祺、阿城、王安憶、北島、張賢亮等人，都是「國際寫作計畫」的座上賓，在聶華苓與安格爾的小屋裡聊文學、談政治。

除了「中國作家」的交流外，「國際寫作計畫」更邀了世界各國的作家。當他們在聶華苓和安格爾的小屋裡聚會時，往往就會產生奇妙的化學變化。被蘇聯迫害的羅馬尼亞作家易法素克（Alexandru Ivasiuc），愛上了來自伊朗巴勒維專制體

聶華苓與保羅．安格爾結婚的場面——即便在美國，仍弄了大大的「囍」字在背後。
國立臺灣文學館提供。

制的詩人臺海瑞（Tahereh Saffarzadeh）。來自西德的柏昂（Nicolas Born）與來自以色列的森乃德夫婦（Yonat and Alexander Sened）在此遭遇，當時納粹屠殺記憶猶新，森乃德拒絕與柏昂見面，說：「請原諒，我們再也不能和他們在一起了。」然而在八個月的參訪結束之前，他們終於破冰，最後成了朋友。蘇聯詩人佛茲尼桑斯基（Andrei Voznesensky）在愛荷華朗誦了自己的詩作〈湖的呼喚——獻給納粹屠殺的犧牲者〉，哀悼一處納粹屠殺猶太人的遺址，此刻已被湖水淹沒：

液化在水中的可能就是我新娘的手——
可不是那很久以前活著的姑娘——
還有她的乳房，她的頭髮，她的欲望。

而同時參訪的以色列作家巴拓夫（Hanoch Bartov）送給他一本自己的小說，扉頁題詞是「送給佛茲尼桑斯基——湖中姑娘的女婿，巴拓夫贈」；巴拓夫就是佛茲尼桑斯基詩中受難者的後代。

有趣的是，在聶華苓的記述中，「國際寫作計畫」是一個非常純粹的文學交流計畫，作家們在此談詩論文，浸泡在文學的世界裡。但如果我們觀察「國際寫作計畫」的名單，會發現聶華苓與安格爾邀請作家的時候，時時刻刻都是把政治放在心裡的。「中國作家」的概念是政治，德國與以色列是政治，東德與西德是政治，納粹及其遺緒是政治，活在專制伊朗的中東作家與鐵幕之下的東歐作家也是政治。這些作家除了是文學上的一時之選，其政治身分也有很強的代表性。

這不但是世界文學的小屋，也是縮影了整個冷戰世界的小屋。

發生在一九六八年的兩樁邀約，很可以展現「國際寫作計畫」中，政治與文學如何交纏難分。那一年「國際寫作計畫」的邀請名單上，有來自台灣的陳映真與來自捷克的哈維爾（Václav Havel），但這兩樁邀約都失敗了。不是作家拒絕愛荷華，而是政治讓他們來不了——作為「布拉格之春」的回應，蘇聯的坦克進入布拉格鎮壓，哈維爾潛入地下躲藏，自然出不了國；而陳映真則因為牽涉「民主台灣聯盟案」被捕入獄。聶華苓與安格爾獲知訊息之後，立刻計畫營救陳映真。安格爾聯絡媒體圈的朋友，在美國的主要報刊上大篇幅報導了此事，以向國民黨施壓。同時，他們也聘請在台灣開業的美國律師協助此案，雖然無法在法庭上辯護，但這位律師全程「旁聽」審判過程，多少產生了一點保護陳映真的作用。

「國際寫作計畫」當然是一個以文學為主軸的計畫，但聶華苓與安格爾這對作家伴侶並不是只會讀書搖筆、不知世事的天真文人，更不是只會放閃而已。從作家邀約名單到如何應對政治迫害，他們自有一套章法。聶華苓可是從威權體制的虎口之中逃出來的人，而安格爾——他所牽涉到的政治，則是來自另一個次元的。

在聶華苓主持「國際寫作計畫」期間，或許有幾個瞬間，她會想到殷海光對她說過的那個「夢想的莊園」吧，一個哲學的、藝術的、文學的匯聚之地。殷海光困死在台灣而不可能完成的夢想，竟然在愛荷華，以一種更盛大的規模重現了。談到那個莊園時，殷海光曾笑說：「我真想發財！」因為唯有發財了，才能建得起這樣一座莊園。

是了，在浪漫的文學夢想背後，我們可以問一個毫不浪漫的問題：那是誰出錢資助「國際寫作計畫」的？殷海光沒有發財，難道聶華苓與安格爾就有嗎？

答案是：美國的中央情報局（CIA）。

沒錯，是情報單位。整個愛荷華「國際寫作計畫」，從一開始就是CIA贊助的一項計畫。聶華苓在小船上提議的場景可能是真的，但這種以全世界為範圍、綿延數十年的活動，絕不可能僅僅靠著突發奇想就完成。考慮到CIA所代表的「美國因素」後，我們便能看到前述故事裡，一直被隱蔽起來的另一層次。

「隱蔽」的美國身影

話說從頭，我們要再回到一九六三年那場改變了聶華苓命運的酒會。那確實是聶華苓極為慘淡的一段日子，但她文學事業並未完全斷絕，其中關鍵角色就是「美國新聞處」。美國新聞處並不只是一個辦酒會的地方，在一九五〇到一九六〇年代的台灣，它事實上是台灣許多文學青年獲取外國書籍、理解歐美思潮的管道。

這是一種各取所需的結構：苦悶的文學青年渴求突破戒嚴封鎖，獲得外界資訊；而美新處則傳播經過篩選的書刊，強化美國文化的影響力，以此對抗蘇聯的左翼文學宣傳。美新處的文化宣傳無孔不入，但又不像國共兩黨那麼教條、粗暴，因此能夠吸引真正有品味的菁英知識分子。透過贊助、委託寫作或翻譯、推薦有潛力的新秀赴美國留學等手段，他們直接影響了一九六〇年代的整個文學世代，包括白先勇、王文興、陳若曦、歐陽子，還有我們的主角聶華苓。

我的老師陳建忠將這套制度稱之為「美援文藝體制」，學者王梅香則將美新處隱晦又細膩的手法稱為「隱蔽權力」（Unattributed Power）。如果你是熟悉台灣文學的人，應會因上述事實驚出一身冷汗：因為，這批作家就是戰後至今，影響力最為巨大的一個世代，他們基本上決定了我們的「文學感覺」，什麼是好作品、什麼是好作家，定義都是他們寫下的。而他們的文學養成，則是美新處一手布置的，也就是說，戰後台灣文壇的主流，幾乎可以說是美國文學的台灣分部。

一九五八年到一九六二年間，美新處的處長是理查·麥卡錫（Richard McCarthy）。他的閱歷十分豐富，在中國、香港、泰國、越南都任職過，稱得上是美國在東亞冷戰「前線」的一名「文化戰士」。根據近年解密的資料，我們已知麥卡錫是帶著情報任務的文化官員。他本人很有文學品味，修養良好，許多作家都樂於與他往來，這更使他的工作有卓越的效果。在香港，他甚至說動了張愛玲為美新處寫了反共宣傳小說《秧歌》，並在小說創作前期就參與了大綱的討論——當然，美新處提供了頗為豐厚的報酬。

他在台灣期間，也很自然跟作家們打成一片。數十年後，麥卡錫回憶起初識聶華苓的印象，稱讚她中英文極佳，並且「有奇妙的風采魅力」。他甚至告訴記者，他為了跟聶華苓多交流，取消了自己週六固定的高爾夫球活動，好跟聶華苓多談談。

從聶華苓的作品年表來看，我們會發現一些有趣的蛛絲馬跡，證明美新處與她的長久合作。一九五九年，她在「明華書局」出版了小說集《翡翠貓》，又在「文學雜誌」出版社翻譯了亨利．詹姆斯（Henry James）的《德莫福夫人》（*Madame de Mauves*）；一九六〇年，還是明華書局，她翻譯了《美國小說選》。不管是「明華書局」還是「文學雜誌」，這兩個單位其實是同一組人，「文學雜誌」其實是「明華書局」創辦人劉守宜，偕同夏濟安、吳魯芹創辦的雜誌。而《文學雜誌》，根據王梅香的檔案考證，是完全由美新處提議、出資創辦的，吳魯芹更是美新處的顧問（在檔案中，《文學雜誌》被形容為「隱蔽」〔unattributed〕，意思就是「不能被外界知道美新處有投資」；參與其事的作家們確實守口如瓶，若非檔案解密，我們可能永遠不會知道）。如此回頭去看，聶華苓翻譯的兩部作品都跟美國文學有關，那就毫無意外之處了。

而在一九六〇年的《自由中國》案爆發之後，麥卡錫對聶華苓的資助更清晰可見。麥卡錫創辦了「傳統出版社」（Heritage Press），將台灣的藝文作品翻譯成英文。之所以要中翻英，是為了與共產中國競爭，想要讓英語世界的讀者理解一個「更進步、更現代的中國」，而不被左翼文學作品占據了話語權，這正是美新處文化宣傳戰的一環。在文學部分，「傳統出版社」翻譯了八本作品，其中，聶華苓翻譯了一本《中國女性作家小說選》，另外也把自己的作品《李環的皮包及三篇中國生活小說選》翻譯成英文，除此之外，還入選了《中國新小說選》、《中國新作品選》，八本裡面有四本出現聶華苓的名字，分量十分吃重。

從這些痕跡，我們或許可以說：聶華苓雖然在政治風暴之後嘗盡了人情冷暖，但美新處與她深厚的連結、強烈的支持從來沒有斷過。這些連結與支持，都發生在麥卡錫任內。

而麥卡錫，正是安格爾在愛荷華大學教過的學生。

冷戰時期的一見鍾情

安格爾確實是在一九六三年的酒會上初見聶華苓，但他並不是到那時候才知道這個人的。數年來，麥卡錫一直都會把台灣文壇的消息傳給安格爾，當然也包括了美新處重要的合作對象聶華苓。

我們先暫時擱置聶華苓，從同時代另一位作家陳若曦的記述來入手，就能對照出有趣的模式。陳若曦正是出入美新處的文學青年之一，早在麥卡錫的介紹下打一些零工。一九六〇年《自由中國》案爆發，她雖然沒有牽涉，卻因此有了出國留學的心思，於是在一九六一年積極準備。麥卡錫知道之後，不但為她寫了四封推薦信，更大力推薦她去讀愛荷華的寫作班。陳若曦最後決定先去其他學校念英文，隔年再去愛荷華大學，麥卡錫的反應是「有些失望」，接著「要她無論如何先去愛荷華大學走一趟」。麥卡錫說，陳若曦可以先去安格爾家住幾天，體驗一下美國的農家生活，他會先寫信聯絡。

一九六二年，陳若曦果然先去了安格爾家。她寫道：

> 平常安格爾把自己關在書房裡，一旦坐上餐桌便打開話匣子似的，侃侃而談。他想知道台灣的情況，諸如風景名勝和文學界，問得很詳細；我也詳加介紹，包括自己尚未參觀過的外雙溪故宮，還有他學生麥加錫賞識的作家群，如鍾肇政、王文興、聶華苓等。（標線為筆者所加）

安格爾與聶華苓的愛情故事要到隔年才開始，但文學脈絡卻隱然有所聯繫了。這裡顯露出一個合作模式：冷戰時期，美國在文學方面的宣傳戰「總部」，是愛荷華大學；而各地的美新處，或至少是台北的美新處，則有當地的美國文化官員發展人脈、推薦值得注目的名單。在此一模式下，接下來幾年，就有好幾位台灣作家經由「麥卡錫＋安格爾」的管道來到愛荷華大學，包括白先勇、王文興、歐陽子，以及我們的主角聶華苓。

一見鍾情的故事是真的，但背後牽涉到的冷戰結構也是真的。

而一九六三年的酒會，其源頭也要追到一九六〇年。那一年，安格爾還是愛荷華「作家工作坊」的主持人，這個計畫仍以美國本土的寫作者為招收對象。然而安格爾憂心忡忡：他觀察到蘇聯資助世界各國的學生，前往莫斯科留學。他認為，美國也必須採取相應的行動，否則文化影響力將輸給蘇聯。於是，他帶著一份「招攬各國知識分子來愛荷華」的計畫拜訪「洛克斐勒基金會」，這個基金會是ＣＩＡ的外圍組織。最後，該基金會贊助他一萬美元，讓他前往亞洲及歐洲各國，招攬適合的人選到愛荷華。

這就是為什麼他會來台灣拜訪三天，隨後又全亞洲跑（並且寫了三星期的信給聶華苓）——他是來出一趟ＣＩＡ交付的任務的，這任務從一開始就是對抗蘇聯的文化宣傳戰的一環。

因此，如果我們順著聶華苓《三輩子》的敘事脈絡，可能會混淆一件事：並不是他倆一見鍾情後，安格爾才邀她前往愛荷華；是安格爾本來就肩負招人的任務，剛好在台北這一站愛上了他的招攬對象。

而在聶華苓赴美之後，兩人一起在一九六七年創辦的「國際寫作計畫」，也不純粹是突發奇想。那一年，安格爾剛剛卸下了「作家工作坊」主持人的職位，另外創設了這個更大型的、以愛荷華為堡壘的文化宣傳戰計畫。這個計畫的贊助者，是「法菲德基金會」與「亞洲基金會」。我們應該不會再意外了：這兩個基金會還是ＣＩＡ的外圍組織。

現在，回頭看看他們在「國際寫作計畫」邀約的作家名單，我們就會看到更清晰的政治邏輯貫穿其中：他們主力邀請的，都是在冷戰時期，美蘇兩大陣營邊界上的作家。為什麼重視「中國作家」的交流？除了聶華苓自身的文化認同之外，更重要的是「台灣與中國的分立」本身就是「美國與蘇聯的對立」的冷戰前線。為何會遭遇納粹遺緒與以色列的問題？這是冷戰底下，美方陣營的內部衝突。為什麼邀約名單裡面有東德、西德的作家？毫無疑問是冷戰。為何會有蘇聯與東歐鐵幕國家的作家？既然是冷戰，當然要去挖對方的牆腳。為何會邀約台灣及其他威權國家，如伊朗、阿拉伯的自由派作家？因為冷戰，美國主打的文化宣傳方向就是自由民主，以對比蘇聯陣營的專制封閉。

就如同美新處能夠擄獲作家信任的原因，愛荷華的「國際寫作計畫」，採取了一種非常去政治的政治宣傳手法。作家來此參訪，記得的是談詩論文的美好時光，記得的是愛荷華鄉間的農家風情，是安格爾與聶華苓這對閃亮伴侶的真摯人情。這整個計畫沒有直接灌輸任何意識形態，只是把全世界最優秀的作家集中到一個地方，並且讓兩位最懂作家的作家陪伴他們，度過幾個月沒有言論審查、沒有監聽迫害的生活。還有什麼比這更有威力的宣傳方式嗎？這比翻譯幾百本書要有用多了，自然而然就能化用來訪作家的筆。巴勒斯坦小說家卡梨菲（Sahar Khalifeh）寫給安格爾與聶華苓的信件，就非常有代表性：

> 作為阿拉伯人、巴勒斯坦人、女權運動者，我對美國在意識中和情緒上感到迷惑。但是，愛荷華對於我永遠是美國最美麗的一面。種族、國籍、信仰，

只是一首多采多姿的交響樂不同的變奏曲，而不是衝突和分裂。假若美國就是那個樣子，就夠了，太夠了……

在美國種族歧視的對照中，我看到平等的兩極之間最和諧的婚姻：Paul和華苓。相對我在美國體驗到的封閉和傲慢心態，卻是Paul和華苓的謙遜和寬容。

巴勒斯坦的苦難，幾乎都來自美國撐腰的以色列，卡梨菲這樣的作家有絕對的理由可以痛恨美國。但來過愛荷華之後，恨就變得沒有那麼容易了。

鐵幕瓦解，威權冰消

一九八七年底，聶華苓接到《中國時報》老闆余紀忠的一封信。這封信以毛筆寫成，沒有標點，其中幾句是：

台北你好久沒有回來了現在它和以前不同了變得相當大相當廣闊冰雪初融另

一九八二年，楊逵應「國際作家工作坊」之邀赴美。楊逵有政治犯身分，也是靠聶華苓奔走才能成行。
國立臺灣文學館提供。

是一番景象當年參與播種的一分子應該在這時候回來看看

這一年，正好是愛荷華「國際寫作計畫」的二十週年，聶華苓與安格爾兩人同時宣布退休。雖然「國際寫作計畫」在往後仍然會向他們請益，但基本上已由後繼者主持了。而這一年，也是台灣解嚴的一年，余紀忠信裡提到的「冰雪初融」正是此事；而所謂「當年參與播種」，想必就是指《自由中國》案了。

在一九六四年奔赴美國之後，聶華苓只在一九七四年回過台灣一次。她和安格爾有一趟亞洲旅行，從香港申請入境。面對十年前一心想逃離的台灣，聶華苓十分緊張。一回到台灣，她馬上跟朋友打聽：可以去探望雷震嗎？

此時的雷震出獄了幾年，晚景淒涼。原本身為黨政要員的他被褫奪公權，也不能從政府方面承接任何津貼、費用。他的電話當然也被監聽了，住家對面時時有特務，誰來拜訪就會被拍照存證。幾經考量，聶華苓聽從朋友建議，在離開台北當天去探望雷震，見了就走，以避免多生波折。為了確定國民黨政府不會阻撓，他們還故意先讓朋友打電話問雷震，把「聶華苓要拜訪雷震」一事講給特務聽，靜待一日，沒有任何政府代表來警告之後，聶華苓和安格爾才乘車前往雷家。在《三輩子》的一張照片說明裡，聶華苓寫道：「一九七四年，我和Paul特意去台北看出獄後的雷震先生。」

這「特意」二字值得玩味；這次拜訪，或許也有幾分「帶著美國人來看雷震」的政治宣示意味吧。

而就在這次拜訪之後，聶華苓就被放入了警總的黑名單，此後十多年不得再入境。如果余紀忠的「應該在這時候回來看看」之邀請，是當著聶華苓的面說出來的話，也許她會像當年回答安格爾的答案一樣：「不可能。」不是不想回來，是回不來呀。

不過，畢竟是「冰雪初融」的解嚴了。在余紀忠等一群文化人奔走之下，聶華苓終於在一九八八年撤除了黑名單，正式回到台灣。這次的回訪，簡直像是聶華苓三十多年來波折人生的「成果發表會」一樣。余紀忠在家中設宴，讓聶華苓與一群文壇的老朋友碰面；接著，聶華苓和安格爾到陽明山，與這幾十年來到過愛荷華的台灣作家們聚會；再來，她還與《自由中國》的同仁們重聚。她去見了在《自由中國》案發生時，率先對她伸出援手、邀她到台大開課的臺靜農。她去了母親和弟弟的墓園，更去了埋葬雷震和殷海光的「自由墓園」。

對余紀忠而言，此時的台北是「變得相當大相當廣闊」。但對於聶華苓來說，或許更像是一切塵埃落定的時候了。

一九九一年三月二十二日，安格爾在機場猝逝。聶華苓此後陷入了漫長的哀痛之中。這對在冷戰時期，為美國建立了世界性的文學堡壘的夫妻，終究沒能一起看到蘇聯解體、冷戰徹底結束那一天。不過，他們一起見證了柏林圍牆的倒塌，也一起看到一九六八年另一位無法應邀來愛荷華的捷克作家哈維爾，高票當選捷克第一任民選總統。事實上，聶華苓和安格爾這次旅行的目的地之一，就是去見捷克總統哈維爾。

那把一切個人的夢想、浪漫與情感捲進政治，又把一切政治圖謀透過人們的夢想、浪漫與情感執行出來的冷戰結束了。在接下來的年月裡，聶華苓不斷整編她那精彩且日益厚重的回憶錄。在那些文字裡，無論是文學、愛情還是記憶都沒有結束；《三輩子》的封底，是一張安格爾推著聶華苓盪鞦韆的照片，安格爾興致勃勃，聶華苓則看起來開心中帶點緊張。

他們果然不會放棄任何放閃的機會。

有重量感的「缺席」

自二〇二〇年起，春山出版社與國家人權博物館合作，由小說家童偉格、胡淑雯主編，編選了《讓過去成為此刻：臺灣白色恐怖小說選》與《靈魂與灰燼：臺灣白色恐怖散文選》兩套重要的選集。無論從企畫、選文等各種層面，這兩套選集都堪稱台灣文學史的里程碑。

而聶華苓，是唯一在兩套選集中都入選、卻又都缺席的作家。聶華苓的小說《桑青與桃紅》第三章，雖未明言以「白色恐怖」為題，但衡諸時空背景與小說內文，明眼人一望即知。同時，聶華苓的自傳《三輩子》裡，提及《自由中國》的諸篇，更是以散文見證白色恐怖氛圍的經典之作。以此而論，她之同時入選兩套選集，是理所當然的。

然而，或許是出於外人所難得知的考量與謹慎，這兩套選集都未能取得聶華苓的授權。於是，在兩套選集的序言中，主編都簡介了聶華苓的作品，提示讀者可以自行查閱。這種「存目」的做法，正顯示了聶華苓兩處「缺席」的重量感。

七——孩子呀，有一天你將記得你的：郭松棻的「故鄉」及其所圍繞的

幾年前，在一場座談會上，散文家林文義說了一個故事。他某次赴美，探訪了長年旅居美國的小說家郭松棻。他知道郭松棻多年來心繫故鄉，卻無法回台，於是送了一卷自己在電視台任職期間所製作的，以台北風景為主題的觀光節目錄影帶給郭松棻。

林文義回台後，還與郭松棻、李渝這對小說家夫妻時有聯絡。李渝說，他們家添購了多年以來第一部錄放影機。早上起來，郭松棻便會播放起唯一一卷錄影帶，靜靜看著畫面上閃動的台北。有時候，一天也不只看一遍，錄影帶到盡頭了，就倒帶再放。

畫面上一九九〇年代的台北，顯然已不可能是郭松棻幼時的大稻埕了吧？但是，對於時間、空間都已經與台灣相隔不只一座太平洋的他來說，就算只有故鄉的一點點殘跡，也是值得一遍一遍重複播放的。

在文學史的側面

相較於我們之前所談的小說家，郭松棻在台灣文學史上，似乎有種「側面」的意味。他不是舞台正中央的總編輯（如林海音），不是一方陣營的領袖（如鍾肇政、陳千武），更沒有縱橫國際文壇的經歷（如聶華苓）；而他的小說似乎又只在一小群知識分子中有極高的評價，沒有成為公眾普遍認識的文化人物（如鍾理和）。

一般我們談論郭松棻的經歷，會將他的生涯分成三個時期。第一時期，是他在一九七〇年留學美國期間，大力投入「保釣運動」，成為極富戰鬥性的學運領袖與左派知識分子。第二時期，則是在保釣運動沉寂之後，他將興趣轉向哲學，撰寫了大量以戰後西方自由主義、左派思想的困境為主題的論述。他真正被文學讀者注意到，則要到第三時期——一九八四年，他以小說〈月印〉震動文壇，從此成為台灣小說史上「量少質精」的代表。

由此來看，他似乎經歷了「運動者」、「哲學家」到「小說家」三個時期的轉折，而「小說家」可說是生涯中最突兀的一段。他從一個激烈訴求社會改革，呼籲青年以思想武裝自己、投入階級鬥爭的左派運動者與哲學家，竟而轉變成一名文字悠遠晦澀、富有神祕氣息而不沾一絲煙火氣的小說家。這種轉折，是所有郭松棻研究者都必須解釋的問題：為什麼？為什麼一個政治性這麼強烈的人，最終竟然選擇了距離政治最遠的小說寫作？而且，為什麼還是這種與現實若即若離，對左派來說過於隱晦的「現代主義」寫法？

但如果我們仔細檢視郭松棻的生平便會發現，用「轉折」來形容他的人生階段，似乎不太合於事實。他其實一直都在文學的「側面」活動著，只是要到一九八〇年代的第三時期才「轉正」。他的文學活動，甚至遠比他的政治活動還要早啟動。

一九五七年，他進入台大哲學系，大二旋即轉到外文系。在外文系的諸位教授中，他最常提及的就是蘇維熊。而蘇維熊正可以連結到日治時期的文學傳統——他在東京帝國大學攻讀英國文學，曾與王白淵、張文環、吳坤煌、巫永福等同樣留學的台灣作家，創辦了文學刊物《福爾摩沙》。蘇維熊有沒有跟郭松棻談起這些往事，我們不得而知，但郭松棻的本省人身分，使得他對日治時期受過極為精良之高等教育、卻在戰後「跨語」困境下不太得志的這一代人，多了一份其他大學生少有的同情理解。在簡義明教授的〈郭松棻訪談錄〉中，郭松棻如此評價蘇維熊：「我覺得他只是中文表達能力太差，不然現在台灣英文系的教授連他的一半都比不上。」

而郭松棻在台大外文系期間，也正好是白先勇等一批台大外文系學生創辦《現代文學》的時候。現在一般公認，一九六〇年的《現代文學》開啟了台灣戰後「現代主義」的小說浪潮，是台灣文學史上最有影響力的文學雜誌之一。郭松棻通常不是人們談到《現代文學》時，會立刻憶起的名字。然而，《現代文學》大量引介西方文學，其中更以引介「存在主義」引動一時風潮，而郭松棻正是為《現代文學》撰寫了〈沙特存在主義的自我毀滅〉的作者。除此之外，根據郭松棻的回憶，《現代文學》創刊號以卡夫卡為主題，也是他先從書店裡讀到一本英文版的卡夫卡選集，才建議同仁可以介紹這位外國作家的。

郭松棻大學畢業後，有段時間仍留在台大外文系擔任助教，替病重的蘇維熊教授代課。在一九六五年，台灣藝術史上最有前衛精神的、黃華成的《劇場》雜誌創刊，郭松棻也參與了不少相關活動。比如在黃華成執導的電影《原》裡面，郭松棻就軋了一個角色。而到了一九六六年，黃華成發表了「『宣言』本身就是『作品』」的〈大台北畫派宣言〉，戲擬藝術史上的種種宣言；同年，郭松棻也在《劇場》發表了〈大台北畫派一九六六秋展〉來呼應。

這些刊物和人物，我們往後都會在陳映真、七等生的故事裡面再次提及，此處不贅。但這一快速的鳥瞰，可以證明「三個時期」的理解方式未必周全，郭松棻其實從未離開文學。也因此，在政治運動與哲學思想兩方面找不到出路，人身被困在美國而無法回到家鄉的生命後期，與其說他是「轉折」到文學，不如說是「回歸」到他唯一能夠回歸的地方了。

回不了家的理由

郭松棻的小說和人生，幾乎都貫穿著「鄉愁」這個主題。鄉愁，是因為回不了家；之所以回不了家，則是因為政治。

他生於一九三八年的台北，父親郭雪湖、母親林阿琴都是日治時期的重要畫家。郭雪湖最著名的〈南街殷賑〉，就是描繪郭家長年居住的大稻埕。現在我們如果到捷運大橋頭站搭車，月台對面的燈箱就是〈南街殷賑〉。而這幅我們在台北隨時可見的人文風景，卻是郭松棻只能以自己的小說懷想的——他的〈奔跑的母親〉、〈雪盲〉、《驚婚》等作品，總是會以懷戀的筆觸，描寫那個乖隔萬里的台北。這也是為什麼，郭松棻會如此珍愛本文開頭，林文義所贈的那卷錄影帶。

郭松棻在一九六六年赴美留學，先是在加州大學聖塔芭芭拉分校讀英文系，後來轉到柏克萊分校改讀比較文學系。在這裡，他師從陳世驤，與楊牧是同門。但他並沒有像楊牧一樣完成博士學位，而是在一九七〇年捲入了「保釣運動」。

保釣運動是因為美國、日本、台灣三國之間複雜的領土糾紛而引發的民間抗議，最後卻演變成台灣戰後第一次大規模的學生運動和文化運動。長久以來，釣魚台一直是福建、台灣漁民的漁場。然而在一九六八年，釣魚台附近的大陸棚發現了石油，引起中國、日本、台灣的關注。一九七〇年，美國、日本發表協議，

郭雪湖〈南街殷賑〉既是繪畫名作，也為大稻埕的街景保留了珍貴的歷史瞬間。
郭雪湖基金會提供／臺北市立美術館典藏。

美國將在兩年後把託管的琉球群島歸還給日本，而在雙方協議中的「琉球群島」，就包含了釣魚台。

這件事首先在美國的台灣、香港留學生圈中引爆。這些留學生在美國見識到一九六〇年代，風起雲湧的反越戰、黑人民權運動，本就有一定程度的政治啟蒙。受到釣魚台事件的催化，壓抑許久的能量一次爆發。郭松棻便曾在訪談中自述：

> 開學第二天，就覺得怎麼搞的，校園裡面一堆人在遊行，才知道他們在反越戰，學生都不上課，有的教授也在外頭演講。我在那裡兩學期，這種場面經常看到，引發了我的好奇，出國前在台灣因為念存在主義，早就對現實不滿，那種壓抑的感覺帶到美國這裡來之後，遇上這些事件，當然會很有共鳴，覺得政府是可以反的，知識分子是必須行動的。

「政府是可以反的，知識分子是必須行動的」一語，在今日的我們看來平凡無奇，但對戒嚴時期的台灣人來說，可以說是打開了全新的眼界。而在美日協議發表之後，台、港留學生們便乘著這股能量而奮起，在各地組織示威遊行、創辦刊物、營運各種團體與研討會。而這股風潮也從海外「倒灌」回到台灣，留學生們將書刊、訊息寄回給自己的學弟妹，因而也在台灣校園掀起大浪。鄭鴻生的《青春之歌》便生動記錄了這段時期的台灣氛圍。

而郭松棻在這場運動裡，就不只是「側面」，而是風口浪尖上的領頭人物了。他參與了柏克萊的保釣組織，不但上街演說、編寫刊物，更是〈中國近代史的再認識〉、〈柏克萊保衛釣魚台宣言〉、《戰報》發刊詞、〈全面發起中國統一運動的時候到了〉等重要宣言的執筆者。

光從上面幾份宣言的標題，我們便可以明確觀察到，這場「保釣運動」後來漸漸發展成了「中國統一運動」，而且這個「統一」，並不是國民黨不斷鼓吹的「以三民主義統一中國」，而是含有「由中華人民共和國統一中國」的意味。這種立場，在當今台灣會被稱之為「左統」——他們帶有左派的理想，並且認為由左派的中華人民共和國統一中國，是對中國與台灣最好的政治方案。郭松棻以及下一章我們要談到的陳映真，就屬於這種「左統」立場，他們心目中最大的敵人，則是代表了右派的、資本主義的美國；如果純以本書的脈絡來說，他們基本上會站在前一章所述的聶華苓的對立面。

何以「保釣」會轉向「統一」，而且會轉向左統版本的統一？主要有幾個內外因素。

第一，當時中華人民共和國仍處於鎖國狀態，不只台灣很難取得中國內部消息，就連歐美各國，也只能從中共散發的少量宣傳來認識中國。這也導致歐美的左派人士，普遍對於中華人民共和國有著過於美好的幻想，他們甚至不知道一九六六年開始的「文化大革命」之實況，不知道此中的浩劫有多慘重。而這時的中國，也還沒有因為「六四天安門事件」而被全世界「目擊」其殘暴作風。因此，當歐美的左派失望於蘇聯的威權作風時，很自然就把「建設社會主義美好國度」的希望，寄託到因距離而有美感的中華人民共和國之上了。

而當郭松棻這樣來自台灣的留學生，在美國接觸到歐美左派的觀點時，則會有更強烈的衝擊——過往在台灣，他們只接受過國民黨的反共教育，把中共治下的中國描述成吃草根、啃樹皮的崩潰國度；此刻一到美國，天啊，中國竟然搖身一變，成為左派知識分子口中的理想國。這一劇烈溫差，當然讓郭松棻、劉大任這些台灣留學生感到「被國民黨騙了半輩子」。這也是為什麼，前述的宣言的第一篇會首先揭櫫〈中國近代史的再認識〉，那是他們要從國民黨的謊言之中，掙脫出來的宣示。沒錯，他們確實掙脫了國民黨的謊言，但他們要很久以後才會知道，自己正好跌入了另一方的謊言裡。

第二，「保釣運動」起初以保衛領土為主題，其實本可以發展為「當中華民國政府的後盾，讓政府增加外交籌碼」的一項運動──如果中華民國政府當時有心爭取釣魚台的話。但實際上的情況是，中華民國政府是依靠美國的保護，才能在台灣的「反共復興基地」站穩腳跟，並不敢與美國正面衝突；除此之外，台灣跟日本、韓國一樣，都是美國圍堵中國、蘇聯等共產國家向太平洋擴張的盟邦，在這個大戰略之下，美國也不會允許「小弟」之間的衝突激化。更何況，中華民國政府實際上也依賴日本的投資、貸款、技術的經濟協助。因此，中華民國政府一開始設定的外交目標，就不是「保衛釣魚台」，而只求「採到石油分我一點」，也是賣個人情給美國、日本的意思。

平心而論，在當時的國際情勢下，這種外交決定並不算離譜。但這種妥協態度，很快就產生內部矛盾了。長年以來，國民黨自己灌輸給台灣人的民族主義教育，就是要銘記南京大屠殺，仇恨日本殖民。我們前面多次提過，戰後台灣作家遭遇「跨語」的困境，也是因為要洗清日本文化的「毒素」。邏輯在此撞車了：國民黨一直教我們要仇恨日本，此刻卻把領土奉送給日本，這是什麼意思？國民黨此刻等於是作繭自縛，被自己的政治宣傳綁死了可能的外交彈性。

這也是為什麼，郭松棻所參與的柏克萊保釣組織，是以繼承五四運動精神自居的，他們所引述的就是五四運動最銳利的口號：「外抗強權，內除國賊」。強權也者，自然是美國日本；國賊也者，就是對強權卑躬屈膝的國民黨了。無獨有偶，這股海外風潮傳回台灣時，台大學生錢永祥等人也引用了五四口號，他們選擇的是：「中國的土地，可以征服而不可以斷送；中國的人民，可以殺戮而不可以低頭。」

你灌輸給學生的，現在統統回打到自己身上了。

兩個因素貫通起來，形成了一組邏輯緊密的論述：中華民國政府，不過是被美日控制的傀儡；因此，釣魚台問題，並不只是一個小島的問題，而是整個台灣與中國的政治體制問題。只要中國沒能強大到抗衡美日，類似的問題就會不斷出現。今天是釣魚台被斷送，焉知明天不會是澎湖，甚至是將台灣拱手奉上？

問題於是從「如何保衛釣魚台」轉換了，變成「如何使中國強大」。

答案是：統一。中國統一。

而且，不能是國民黨主導的統一，因為它是「國賊」。

最好是中國共產黨主導的統一。因為它不但可以團結民族，還是一個廣受西方左派讚譽的社會主義國家，可以對抗美國、日本為首的資本主義國家。還有什麼比這個答案，更符合左派知識分子的理想嗎？

因此，雖然當代的我們可能不會同意他們的選擇，但回顧當時的時空，從他們能夠獲取的資訊來考慮，這套「由左而統」的思考方式，是很合邏輯的。這也可以解釋，為何郭松棻執筆的一系列宣言，會從〈中國近代史的再認識〉、〈柏克萊保衛釣魚台宣言〉演變到〈全面發起中國統一運動的時候到了〉。當然，以我們的後見之明來看，這套「左統」的誕生，確實也有兩個弔詭之處：正是在極為資本主義的自由美國，才讓這些留學生能夠輕易讀到大量左派書刊，而有了「左」的可能；也正是在極為強調中國民族主義的國民黨宣傳下，這些留學生才會以中國強大為前提，將希望寄託在中共主導的「統」之上。

而當運動從「釣運」轉向「統運」，自然也為國民黨的清算攻訐留下了口實。在舊金山舉辦的「四九示威」前夕，國民黨便派員潛入場地，在牆面上漆滿了「打倒毛賊學生」、「走狗郭松芬」等字樣——「毛賊」是指控學生受到毛澤東的蠱惑，「郭松芬」則是郭松棻的本名。其被視為領袖人物而遭重點打擊，可見一斑。

一九七一年，持續參與保釣運動的郭松棻放棄了博士學位。很快的，他也被中華民國政府列入「黑名單」——也就是說，只要他一回到台灣就會立刻被逮捕。他的中華民國護照當然被吊銷了。在那之後，中華人民共和國進入聯合國，卻苦於內部的文革動亂未解，派不出人力常駐在聯合國，於是雇用了不少保釣運動當中的左派學生。郭松棻便透過這一層關係，長年在聯合國擔任翻譯工作，繼續居留在美國。

這一居留竟成永別。自此之後，郭松棻就再也沒能踏上自己日思夜想的大稻埕了。

不太一樣的「左統」

然而，郭松棻其實是一個不太一樣的「左統」。

最大的差別，是他對「台獨」的態度。在當時美國的留學生圈子裡，「左派」與「獨派」可以說是政治運動者的兩大陣營。保釣運動大致以左派學生為主力，後來漸漸統派化，這是前面已經說過的了。而在同一時間，獨派卻對保釣運動比較冷淡，頗有袖手旁觀的意味。

相對來說，獨派比較能夠接受以美國為主，日本、韓國、台灣共同組成圍堵共產國家的大戰略（這點至今猶然）。其次，獨派也多半接受西方自由主義的價值觀，力圖打破蔣介石主導的威權體制；而美國民主人士的聲援與救助，往往是台獨運動者能夠命懸一線的關鍵，自然是更親美的。最後，獨派陣營多為本省人，

青年時期的郭松棻，攝於柏克萊加州大學。
郭志群先生授權使用。

他們雖然知道日本殖民的歷史事實，但比諸早已遠去的殖民時代，蔣政權的暴政更是刻骨直接，反而對「日本時代」有一種微妙的文化鄉愁，因此也不像外省人那般銘記「南京大屠殺」的對日仇恨。

這種種因素，造成了兩陣營對保釣運動的溫差。兩派人馬互相攻訐的言語極為激烈——左派人士斥責獨派媚美媚日、自甘奴化；獨派人士則覺得左派輕賤台灣人當家作主的願望，是「狗去豬來」的「外省豬」。

要理解「左派」對「獨派」的本能性排斥，或可以劉大任的小說《浮游群落》為代表。劉大任與郭松棻相同，是赴美留學、參加保釣運動的左派學生。而他的《浮游群落》，描寫的卻又是他出國之前的一九六〇年代中期，主要環繞著我們下一章會談論的陳映真等人。因此，這本小說可以說是交織了「海外左派」跟「國內左派」的視野。劉大任跟郭松棻最大的差異就在省籍，因此比對他們對「台獨」的思考，就能看出這一因素的關鍵作用。在《浮游群落》裡，有段情節是主角們聽說某人被國民黨祕密逮捕，正在討論要如何聲援、營救。本來討論得很熱切，但後續情報傳來，他們發現被捕的人是台獨人士，大多數人立刻由同情轉為憤怒，不但退出救援，並且開始咒罵這位政治犯。《浮游群落》是小說，我們不能把它當作真實故事來讀，也不能代表劉大任本人的政治立場，但卻可以參考當時「左派」對「獨派」的仇視氛圍。

在這樣的對立下，郭松棻的位置是很微妙的。他屬於左派的、左統的陣營，但他同時又是「應為」獨派主力的本省人。這樣的「跨界」身分，反而讓他多了一重冷靜，能夠看到雙方的侷限，並且同理、同情雙方的立場。最具代表性的，當屬〈台獨極端主義與大國沙文主義〉一文。在這篇文章裡，他分別列舉了統獨雙方的錯謬觀念，於今看來仍然非常精準。站在左派的立場，他批評獨派只以獨立政權為目標，而沒能透視階級問題，也沒能認知到國際局勢的結構，即便是獨立了，也可能只是繼續擔當美國操控的傀儡政府。而更難能可貴的，是他站在左統立場，卻批評統派有「『領土完整』的玄想」：

> 將台灣島上的一千四百萬人民，硬生生的劃歸大陸的七億人民，是「統一論」的工作目標。墊在這種企圖底下的基礎是傳統的、嘗試性的「台灣『本

台独極端主義与大國沙文主義

簡達

在魯迅的時代，中國的大國民曾經是一群体格茁壯，而精神格外麻木的愚衆，只配大家圍看看自己的同胞被日軍砍下頭顱來，而無神的呆立着，表示沒有意見。

時代慢慢的滾爽過來，不久以前——或更確鑿的說，半年以前——中國的大國民已是別具面目的一群，体格並不茁壯，不过頂在脖子上的卻是一顆顆碩士、博士的頭顱，腦髮裡裝的盡是學有專長的一堆貨物。然而，其精神之格外麻木卻仍是依然。這一群是從港台兩地溢出而滯留在海外，人数上萬的中國人。在西方社会裡——或更確鑿的說在美國社会裡——大家圍看看西方人以高度發達的科技在國境亞洲，凝視着一付早熟性痴呆症的神采，表示自己並沒有什么特別的意見。

半年来的學生運動迫使時代的步伐邁大加速。這運動的意義，与其是在表面的進行示威，不如說是在內在意識的蘇醒。許多政治思想上，一向被視为禁忌的，都被這群行動中的中國人民一一衝破。以往「入世而不为世所困」的虛偽温敦的生活被至進拉成積極。一連運持續不懈的行動正向「分裂的中國」告別，而向前攤提嶄新的，属於「亞洲的、中國的、台灣的」時代意義。向二十年来的「超現実的种种生活告別」。

以「個我」、「彷徨」、「焦慮」、「不安」等等、等等織成的浮沉「時代失落症」告別。

向漂泊天涯海角的猶太人看齊，以自棄的心情，求安于海外，終老于海外的「过隙人的宿命論」告別。

以「世界公民」的超級名目自欺，不敢面对为(?)甚所以是其化名，做正在進行的殖民戰爭、奴役戰爭，而冗目標準看，那無道衆，穆洋放海的淺然無根的，以「詩的境界」为睥睨的「悲劇人生觀」。

中國人民正努力的在洗脫這些麻木癥果的自欺臉觀，一种狐死首丘(?)新時代的決心在廣東(?)的子宮裡孕進，新的生命在里暗裡開始胎動。

在這段新思潮正在胎長的時期，血脈賁張看見成形的是「中國統一論」。這「統一」的論調在釣魚台運動的第二次示威之後，已在美國各地散播，中共和美國的「乒乓外交」更像一陣春風，將這論調吹生促長起來……到目前為止，「中國統一論」雖然陣容未成，不過流散的零星人馬，已陸續結從側面，受到已經有了三十多年歷史，以「倒蒋台灣民族自決」为目標的台独運動的排擊。台独運動與「中國統一論」的正面遭遇，我特表依此可能產生的衝突，对打破現今海外中國人的僵硬、閉塞的政治冷感的氣圍都是有益無害的，甚至於，這兩种力量的鬥爭或將開出一條生机来也未可知。

然而，這兩种政治導向在尚未進入正面衝突之前，各自都已經攤出了各自的弱点，這些弱点便是我想在這裡一一列舉，藉以表示一己的管見，並就教於各方有志之士。

一

「中國統一論」被台独作為大國沙文主義並不是沒有道理，雖然在於目前的「統一論」的立論基礎是形而上的、是空想的、是反歷史的。他們的著眼方向是以「超越前進」的態度往上層的社会结構用心，而忽略了迫在眉睫的台灣諸問題。「統一論」一天不腳踏實地，[illegible]問題，而只想避重就輕的以空論促成中國統一，則一天是踏虛的政論，只能口言，不能實踐。依我看來，「統一論」有以下种種的危机：

第一、「領土完整的玄想」——將台灣島上的一千四百萬人民[illegible]劃歸大陸的七億人民，是「統一論」的工作目標。然在這种全面底下的[illegible]

郭松棻手寫的〈台獨極端主義與大國沙文主義〉，
刊登於《戰報》第二期。
郭志群先生授權使用。

來』就是中國的」的論點。這完全是一廂情願的「情緒說」……唱「完整」論調最大的危機在於，忽略台灣島上人民在這二十年來所身歷的痛苦。這痛苦已經不是「人性永恆」下所遭受的「普遍」痛苦，這痛苦早已炙上了歷史的烙印：它是在國民政府的凌壓下逼成的一串特殊的憂患與苦痛。尤其是，一千二百萬的台灣人民，經過二二八革命的挫折，這種憂患苦痛，已經部分扭結成為仇視大陸人的心理痼疾。倘若「完整」論者，但求分享大中國的榮耀，而忘卻了分擔台灣一千四百萬人民的痛苦，或甚至無心想去解決這份歷史的痛苦，則這種「完整」論將步上反歷史的、反人民的道路。

這裡顯明地透出了郭松棻身為本省人的歷史經驗，及這種經驗才能產生的視野。在「二二八」之後，外省人還要求本省人「本來」就該心向中國，為了中國領土的「完整」而努力，這其實是蔑視本省人傷口的輕率論述。對於個人來說，親友所遭受的屠殺，本來就比一個虛幻的「完整領土」要有重量得多。郭松棻作為一名「左統－本省人」，並不像其他「左統－外省人」那樣，覺得「二二八」只是一個地方省份的小型事件，不構成妨礙統一大業的理由。正好相反，郭松棻擔憂的是，「左統」如果只以台灣總人口不到兩成的外省人為主力，而將八成以上的本省人拒於門外，這種失卻了群眾基礎、蔑視群眾的「左派」，到底能左到什麼地方去？

若我們將郭松棻與下一章的陳映真做一比對，便可以看出同為「左統－本省人」，兩者視野上的差距。陳映真在接受黃怡的訪談時，談及為何堅持統一立場，他的回答是：「對於我來說，那些主張獨立的人，才令我覺得困惑呀。你看嘛，假使你在牧一群羊，左邊是一望無際的牧草地，右邊是崎嶇貧瘠的小後院，你會把羊往哪邊放呢？」陳映真這種「事大主義」，恰恰就是郭松棻所批判的「『領土完整』的玄想」，心中只有抽象的大中國，而沒有具體的人民群眾。陳映真甚至不是外省人，這更是令人喟嘆的。

當然，郭松棻之批判統派，並不是因為他放棄這種立場。相反的，他認為這是統派必須面對的問題，從而才能達成真正有意義的、不壓迫台灣人的統一。雖然我並不同意他的立場，但還是感佩於他的坦白與自省。不過，如果更往深一點看，郭松棻屢屢呼籲「左統」必須正視台灣問題，呼籲外省人要同情本省人的獨立願望，卻也不只是理性思辨與運動前途的考量而已──我在這些論述裡，總覺得讀到一股「被遺棄的焦慮」。在〈把運動的矛頭指向台灣〉一文中，郭松棻指出，他們這群留學生從保釣運動開始，意識到自己被國民黨騙了，開始「重新認識中國」的時候，竟出現了一個弔詭的現象：

保釣運動的矛盾在無形之中被移開了──從蔣政權統治下的半殖民地的台灣這個大目標被移開……〔之所以如此，是因為〕大家對新發現的中國過分興奮而產生流連忘返所致……我們的注意力卻停留在中國大陸而流連忘返，以至於把釣魚台和台灣問題淡忘了。

郭松棻精確捕捉到「釣運」轉為「統運」的一股氛圍：既然一切的解方，是一個強大而統一的中國，那似乎就不必對台灣本身，下太多的工夫去關注、研究、經營了。更何況，當時的國民黨政府看起來搖搖欲墜，統一似乎已經在倒數計時了——一九七一年，中華人民共和國加入聯合國；同一年，中華民國退出。一九七二年，美國總統尼克森訪問中國，同年日本與中華民國斷交。

因此，許多留美左派最關切的問題，已經不是「如何改造台灣」或「怎樣能解放台灣」了。只要中華民國政府被摧毀，中華人民共和國政府統一台灣，不過就是彈指間的事情，不是嗎？就在這股氛圍下，左統陣營內部的省籍因素越發尖銳了起來。對於「左統－外省人」來說，統一之後，他們當然是要回到家鄉、回歸祖國的。甚至可以說，就算台灣沒有被統一，只要他們心向中華人民共和國，要「回歸」並不困難。所以他們全心全意研究中國，思考「回歸祖國之後要怎樣」，也是合情合理之事。

但對郭松棻這種「左統－本省人」來說，這形同「台灣人再次被遺棄」。是啊，外省人隨時可以「回歸」，本省人呢？特別是像他這種為了保釣運動而被列入黑名單的本省人，他能回到哪裡去？只要「統一」沒有真正發生，只要這個「統一」不是中華人民共和國版本的統一，他將永遠只是海外遊魂。就算台灣在極其渺茫的機率下獨立了，且獨立為一個美式民主的國家，那也不是他想望中的樣子，他的故鄉將永遠被資本主義所占領。

他已經將一切都押注到左統立場之上了，這是他的外省人隊友所無法同感的。

故鄉台灣不但不能被割離於左統之夢，而且必須被置於夢想的正中央，必須大聲疾呼，讓所有人都把眼光放在台灣上。即使政治力量的入侵，已經讓同伴們各奔前程，放緩了革命的力道，而被收編到海峽另一邊的大國懷抱裡了，郭松棻還是反覆地、孤獨地申說：台灣問題，應當是中國問題的核心，也是亞洲問題的核心……

因為，台灣是他最終還想回來的家。

「祖國」不能解鄉愁

一九七四年，郭松棻終於有機會踏上了「祖國」。

這時的他，已經為中華人民共和國駐聯合國的單位工作了兩年，因此獲得中國官方的參訪邀約。他先從美國飛到日本，與旅居日本的父親郭雪湖會合。郭雪湖在戰後台灣並不得志，他擅長的膠彩畫風格，被外省畫家主導的畫壇視之為「東洋畫」，帶有「奴化」的意味而被排斥。而見證了二二八屠殺的郭雪湖，更以終生不講「國語」為抗議。

在民族認同上，統派的郭松棻與厭惡中國的父親郭雪湖始終不能相互理解，不料竟在這次中國之行化解了。郭松棻夫婦與郭雪湖一進入中國，就是一連串的震撼。那時正是「文化大革命」的末期，縱然官方已經拿出最好、最樣板的行程讓他們參觀了，郭松棻還是覺得處處扞格，甚至形容為「一場噩夢」。比如在簡義明的訪談裡，他提到在廣州時：「吃飯要跟大家搶飯……街頭上有很多魯莽的行為，有時還受到言行的騷擾，文革根本是不要文化的，不讀書的，只要毛語錄就夠了。」隨後也提到中共各種歪曲歷史的作風：「一些歷史景點都去了。其中有些東西一看就知道是故意弄的，作假的。比如到南京時，看到共產黨早期的照片，有一些人的樣子被塗掉了，挖空了。因為在鬥爭過程中這些人失敗了，被鬥垮了……整趟旅程下來，你就會發現整個大陸貧窮得難以想像。」

而這一切，最終導致了郭松棻對「左統」政治理想的幻滅：

這段時間我回憶起那四十二天的中國之行，愈想愈不對，覺得中國除了落後之外，根本不是社會主義。按照馬克思的說法，社會主義是必須要到資本主義高度發展之後，下一個階段才會出現的東西，中國那時根本沒有這樣的條件，很失望。

國民黨騙了他們，灌輸給他們一個充滿謊言的中國近代史。但是，共產黨其實也騙了他們，他們對外的宣傳與樣板，塑造了一個假的社會主義之國。他們離開了一個圈套，卻又落入了另一個圈套。

如果左與右，都是由謊言構成的……

那就不玩了吧。這也是為什麼，郭松棻的研究者會有我們前文提到的「三個時期」之說。在一九七四年的中國幻滅之旅後，郭松棻徹底退出了政治活動，開始鑽研哲學問題。他極力思索：所以左派到底怎麼了？他親眼所見的破敗，到底是中國的問題，還是社會主義的問題？左派的出路在哪裡？能不能找到一條中國的左派能走的路？

郭松棻最終並沒有把他的答案寫出來，或許他也沒能找到答案吧。我們只知道，他最後還是回到文學裡，寫起了小說。從郭松棻的小說，我們可以看見他一路以來的思索與情感。在〈秋雨〉裡，他寫下台灣自由主義宗師殷海光的末路，最終只能留下「請好好地死」之嘆；在〈草〉和〈雪盲〉裡，他埋藏了名列「黑名單」而不能回鄉的憂鬱；在令他聲譽鵲起的名作〈月印〉裡，他描寫了戰後台灣左派的挫敗與「絕後」，並與前一年陳映真發表的〈山路〉並列白色恐怖文學經典。更無處不在的，是鄉愁。他以中文世界無人能及的精雅文字，寫下了幼年到青年的故鄉印象。〈奔跑的母親〉裡麵茶小販的聲音與氣味，〈那噠噠的腳步聲〉裡晦暗的夜晚；〈雪盲〉的水門、〈月印〉的田園與草木、《驚婚》背著墓碑踏上的台北橋……

那是我們所有住在台灣的人，都未曾看見的台灣。

郭松棻的筆，反而從太平洋的那一端，帶我們看見了。

二〇〇五年，在台灣文壇人士的奔走下，郭松棻被移出了黑名單，可以安全地回台了。那一年七月，《印刻文學生活誌》做了一個郭松棻專輯，以他為封面人物，頗有盛大歡迎他回鄉的意味。在過去三十多年間，郭松棻已不再棲身文學史的「側面」了。他的作品或許不像黃春明、白先勇那樣廣為流行，但卻是文壇有口皆碑、公認質地精純的一流小說了。

然而，就在七月九日，《印刻》的專輯面世後數日，郭松棻就因為中風而病逝在紐約。

他終究還是沒能回到家。

那時的我，才剛剛從雜誌上聽說這位作家的名字。我要到好幾年後，才真正通讀了他的作品。那時我還不知道，我將在他的小說〈向陽〉裡，讀到一行永生難忘、卻簡潔猶如咒語的感傷句子，彷彿是預先寫下的墓誌銘。不只是誰的墓誌銘，而是某一種台灣人的。

「現在你在台北很難找到這樣燙手的心了。」

八

山路是這樣走絕的：陳映真的文學、政治與孤獨

「出來談陳映真，命得要很硬。」

多年以前，當我反駁一位教授對陳映真的解讀，引來一場半大不小的筆戰時，幾位尊敬的師長這麼對我說。話裡有幾分讚許，更多是提點，擔心我受傷。我有點訝異。這些師長，是挺過戒嚴時期的大風大浪，仍持守本土立場的堅毅之士。而在二十一世紀已經邁入第二個十年之際，我不過是談論一位作家的文學史定位，怎麼值得他們提點一句「命得要很硬」？

我很快就見識到了。二〇一六年，小說家陳映真於北京逝世，結束了他曲折而特異的一生。然而關於他的爭論，才正要開始。台北市文化局想要辦理一系列紀念活動，因為時程倉促，於是委託老經驗的《文訊》雜誌社，以二十萬元的緊急標案，籌備一場展覽、兩場座談、出版八十頁的彩印專刊。參與其事的作家學者，總數在三、四十位以上。而這一切，幾乎要在半個月內完成。

在座談會的前一個禮拜，我接到了楊宗翰老師的電話。他代表《文訊》邀請我參加其中一場座談，同場都是前輩：吳晟、林瑞明、呂正惠……我自己辦過活動，一聽這名單就知道用意，我是要代表「年輕世代閱讀陳映真」的視角。

然而我並不知道的是，一封黑函正在與陳映真相關的藝文圈內流傳。這封黑函大致內容有二：一是《文訊》藉這個案子，消費陳映真賺錢；二是《文訊》邀請我來座談，是「羞辱陳映真」。前者只要有基本實務經驗，一眼便知是笑話，二十萬元急辦那麼多事情，不倒貼就不錯了；後者倒是頗讓我驚訝——我知道我的本土派立場，確實會讓環繞著陳映真的「左統」圈子非常不開心，但是從三、四十人的大名單中，專挑我出來當「罪證」，這還真是令我受寵若驚的「精準打擊」……

（但是，如果一個本土派的創作者，也傾心於「左統」奉為宗師的陳映真，不正是證明他的影響力跨越政治藩籬嗎？）

總之，我在幾乎無知的情況下，參與了那場聽眾熱情爆滿的座談。我只知道因為某些原因，本來已經答應的一位同台講者，突然之間不來了。而我要更後來才知道的是，這封黑函原來出自於台北市文化局外聘的一位資深作家評審。這位作家先是多次私下去電，要求修改邀約名單；未果後，才開始散發黑函。據說，我有沒有去其實並不是重點，重點是「有人沒被邀到」。這位資深作家行走文壇叢林多年，自然料定：環繞著陳映真的學界、社運界人士，早已是紅統得不能忍受我這種本土派讀者。只要提到我的名字，那就有在旱季樹林裡放火之效。

這件事，最終以《文訊》社長封德屏的大手一揮決定：文化局的經費不拿了，《文訊》自己出錢辦！既然自己辦，參與名單當然就無需屈就資深作家的私心。我再白目也看得出來：我這不是命硬，是命好；是堅持原則的長輩幫我扛住了可能的暴雨。

「早星」的兩脈身世

但其實回顧陳映真的文學生涯，他最初跟「本土派」之間，並沒有大到可以讓有心人利用的扞格。

一般說起陳映真進入文壇的起點，都會從一九五九年的刊物《筆匯》開始談起。這是政大學生尉天驄所主持的刊物，糾集了姚一葦、許國衡、劉國松、許常惠、郭楓、葉笛、陳映真、劉大任等文藝青年。這些人日後將在劇場界、美術界、音樂界與文學界大大活躍。它比白先勇等台大學生創立的、赫赫有名的《現代文學》早了一年，也更早開始引介西方思潮。而以尉天驄為核心，這群人後續更創辦了《文學》季刊、《文學》雙月刊、《文季》季刊、《文季》雙月刊等一系列刊物（顯然他們並沒有想到，這種取名方式會讓後世的研究者很頭痛），並且陸續集結了黃春明、七等生、王禎和等重要作家，成為往後「鄉土文學」的主力。

一九五九年，陳映真便以短篇小說〈麵攤〉登上《筆匯》，成為文學界受人矚目的「早星」——貫穿〈麵攤〉的象徵物，正是一顆「橙紅橙紅的早星」。從後見之明看來，「紅、早、星」也確實十分適合象徵日後左傾、早熟敏感的小說家陳映真，他彷彿以此預言了自己的未來。此一起點，也讓他與「文季」諸君有密不可分的關係。他們就像那時大多數的文學青年一樣，因為戒嚴的禁令，對於一九三〇年代的中國文學與台灣文學傳統幾乎一無所知；再加上舉目所及都是粗糙無聊的「反共文學」，因而感到文壇的過去、現在都一片荒蕪。

這種荒蕪是歷史的誤會，卻也是歷史的契機。陳映真那一代的文學青年，就在這種荒蕪感的催促下，努力尋找出路——他們先從引介西方思潮入手，追求「現代主義」的嶄新手法；接著，他們又不能滿足於純粹玩弄手法，所以融合了現代主義的美學與左派關懷的現實題材，開創了「鄉土文學」的小說盛世。

以上說法，是陳映真研究的「正史」，也確實沒有講錯。只是，「早星」並非一開始就純紅。陳映真的文學生涯初期，實際上也與本土派作家鍾理和、鍾肇政有所交會。在〈鍾理和不再只是他自己了〉一章，我們提過一位叫作「陳永善」的讀者，曾寫信讚揚鍾理和的作品，讓他發出「雙足已斷」之嘆。陳永善，就是陳映真的本名。這封信寄出的時間，還比陳映真刊出〈麵攤〉的時間稍早一些，他是這樣寫的：

> 我經常注視新的花朵，您該算是一朵精緻的紫色罷。我已經找到了幾許，等那些醜得叫人長毛的莉枯萎了，等這些花朵長滿了文學的「草坡上」，中國的文學不會再荒蕪的，不會再寂寞的。
>
> 祝賀您的成功，也請接受我的敬禮。

寥寥數行，我們可以看到陳映真初生之犢的銳氣。不但毫無避諱地批評同期作品之「醜」，即連稱讚鍾理和，都有「該算是」這種明明是很喜歡、卻硬要矜持的傲嬌說法。

陳映真的「敬禮」送到了，但他的「祝賀」並沒有成真。隔年，鍾理和在貧病之間去世。其遺作《雨》，則在林海音和鍾肇政的奔走下出版，這也是前文說過的了。但當時我們沒說的是，陳映真很快為《雨》寫了一篇〈介紹第一部台灣的鄉土文學作品集《雨》〉，刊載在一九六〇年底的《筆匯》上。在這篇文章裡，陳映真說：

> 在《雨》裡我們初次看見了台灣的天空和農舍；在《雨》中我們初次感到台灣人的愛、欲、和一切的感情和思想。

「初次」。「台灣的」。「台灣人的」。這可不是後來獻身於中國統一運動，極力排斥所有本土符號、拒絕被視為「台灣文學作家」的陳映真，會常常使用的修辭模式。比起強調什麼是「台灣的」，後來的他更努力強調一切都是「中國的」。然而，在這個文學生涯的最初期，他卻比鍾理和本人更篤定地說了：這些都是台灣人的。

除了鍾理和，陳映真也跟鍾肇政建立了友誼。一九五〇年代末，鍾肇政漸漸在文壇闖出名號，能在報紙上刊出長、短篇小說。他真誠樸實，沒有喧囂反共口號的風格，也吸引了陳映真的注意。不同於早逝的鍾理和，陳映真跟鍾肇政通信了相當長的時間，並且始終對鍾肇政帶有一份前輩的敬意；而鍾肇政因為經歷痛苦的跨語時期，對文學求知若渴，也頗為熱切地徵詢陳映真的小說意見。

鍾肇政一直都有團結所有本省籍作家的志向，陳映真更是他心目中最有才華的本省籍作家之一。在莊紫蓉的一場訪談裡，鍾肇政是這樣評價陳映真的：

> 當然我覺得陳映真寫得非常了不起，（咳）特別是他表現的方式，在第一代、第二代當中，他都是很特別的。例如像我這一代，因為接受日本教育長大，

講日本話、看日本書、寫日本文，戰後要改為中文，這過程當中就覺得我要怎麼樣把日文摔破、擺脫日文的影響。把日文摔破掉，是我這一批人很急切的一個願望、一個方向。陳映真反其道而行，他作品裡面有很多日本式的語詞，我都避之唯恐不及的，他是大量地引進。為什麼會這樣呢？剛剛看到的時候，我幾乎是嚇了一跳。可是那些日本的語詞，在他筆下用在中文裡面，居然有一種和諧。像我這懂日文的人，一眼就看到那是日本式的語詞，在中文裡面他用得很和諧。所以就嚇了一跳：「日本的語詞也可以這麼樣地來運用。」所以，我特別覺得陳映真是了不起的，對語詞、文字本身有非凡的敏感度。所以，文友通訊第二次的聚會，我就把他拉來參加。

陳映真化用了跨語世代作家避之唯恐不及的日文詞語，完美地融合在中文裡，讓鍾肇政感到震撼。值得注意的是，陳映真參加過鍾肇政為了糾集本省籍作家而創辦的「文友通訊」聚會，這與他在《筆匯》的活動是同一時期。也就是說，陳映真的文學起步階段，至少與兩脈文學團體有所關聯，一是年輕世代、銳意引進西方思潮、漸漸左傾的《筆匯》；一是年紀較長、傳承自日治時期、本土意識強烈的「文友通訊」。

在一九六二年陳、鍾的通信裡，陳映真甚至發下宏願，要寫一部台灣文學史。「台灣文學史」，這個詞在外人看來或許沒有感覺，但對於本土派作家來說，卻是戒嚴時期敢夢而不敢做的大事。這不只是「把台灣人的文學記錄下來」而已，更重要的是，文學史往往代表了一國的「文化身世」，所以寫一部「台灣文學史」，幾乎就有「以文學讓台灣獨立建國」的意味。

當然，年輕的陳映真未必知道這話的分量，也不能就此推論他支持台獨。但鍾肇政對於陳映真許過這樣的願望，可是數十年都不曾或忘。一九八七年，葉石濤在解嚴前夕就冒險發表了《台灣文學史綱》，但由於以個人的力量撰史，成果難免不夠周延，被許多人批評。有人問鍾肇政的意見，鍾肇政總會幫葉石濤辯解幾句，然後接著說：陳映真說過要寫台灣文學史，我們可以期待他的版本！

與「咱文壇」漸行漸遠

然而，所有人聽到鍾肇政的期待之語，都只能一臉苦笑吧。一九八七年的陳映真，早就與本土派分道揚鑣了。

這段變化，卻是與陳映真發願寫台灣文學史的同一年發生的。同年底，他進入強恕中學教書，結識同事李作成。在李作成的牽線下，陳映真陸續認識一批左派的知識分子，以及日本派來台灣的外交官池田維、淺井基文等人。

這些外交官之所以來台，是因為日本政府認為，有朝一日中華人民共和國必然會解除鎖國狀態，屆時日本就會需要精通中文、瞭解中國文化的外交人才。既然進不去中國，那就先以台灣為訓練基地，先派一群人過來歷練。

而這就是陳映真最初的「左派知識」來源：他們是來學中文的，所以可以光明正大郵寄「中文教材」；他們是外交官，所以能夠使用不受政府檢查的外交郵包。兩個條件結合，他們便能提供陳映真外面讀不到的左派禁書。根據淺井基文的回憶，以陳映真為中心的一批年輕人時常在晚飯後來訪，閱讀他住處裡的《毛澤東選集》、《列寧選集》。在淺井基文的描述裡，這些青年雖然對左派思想有興趣，但其實是完全不懂社會主義、共產主義的，即使陳映真也不例外。陳映真第一次看到《毛澤東選集》時，甚至脫口而出：「噢！這就是毛澤東的書！」

此時的陳映真，已經以〈麵攤〉到〈我的弟弟康雄〉等小說，成為名氣頗盛的新銳作家了。這也意味著，其實他並不是現在許多「左統」人士所詮釋的，一躍上文學舞台就是早慧的左派作家。要成為左派的知識門檻很高，除了對底層群眾的深切同情之外，更需要深度的理論閱讀，不是認識淺井基文之前的陳映真有能力達到的深度。陳映真最初一批名作或許有強烈的人道關懷，但並不是在深刻理解、化用左派思想之後寫出來的，用左派理論去解析他的早期作品，實是過度詮釋之舉。

我們甚至可以猜想：在他認識淺井基文以前，「另一種陳映真」的文學路線是可能存在的，在那個平行世界裡，也許他會比陳芳明更早寫出《台灣新文學史》，並且成為繼鍾肇政之後，下個世代的本省籍作家領袖。

然而，際遇沒有如果。陳映真從此點燃了左派信念，並且與堅定的「中國統一」立場結合，成為貫穿他一生的獨特路線。也因此，他開始與以鍾肇政為首的本土派文學集團漸行漸遠了。在〈因為鍾肇政不只想到他自己〉一章中，我們提到鍾肇政在一九六五年假借「紀念光復二十年」的名義，主編了兩套叢書，以搜羅當時冒現於文壇的本省籍作家。但我們當時沒有細說的是，在鍾肇政原來的規畫裡，兩套「台叢」不但必收才華洋溢的陳映真，而且要操作成主打星。

一九六四年，鍾肇政與「文壇社」談妥了《本省籍作家作品選集》的出版計畫後，立刻寫信給另一名本省籍超級新秀鄭清文。鍾肇政在信中說，這套叢書有十本的篇幅，為了盡可能多收一點作家，他會採取「多人合集」的編法。但是，在鍾肇政心目中，有兩名作家的水準，是應該單獨出一本的，其中一人就是鄭清文。鍾肇政徵求鄭清文同意，是否願意加入《本省籍作家作品選集》？如果鄭清文願意，鍾肇政還要拜託他下一件事。

——請鄭清文一起寫信，去說服陳映真加入。

沒錯，如果《本省籍作家作品選集》只有十本扣打，鍾肇政心裡獨立成冊的兩大主將，是鄭清文跟陳映真。

但是，陳映真拒絕了。陳映真很有禮貌，謙稱自己水準不夠，作品質量不足。

但明眼人皆知，陳映真是因為政治立場而拒絕的，他很明白鍾肇政苦心孤詣，拉起「台灣文學」陣線的願望。然而此刻的陳映真已是左傾統派，自然不願被編入這個陣營。這套叢書，於是就在陳映真缺席之下出版了。而在第七冊的序言裡，鍾肇政寫道：

應該收在本輯裡的，尚有陳映真其人，因故沒有能寄作品來……他有一副敏銳的嗅覺，對於目前社會諸相，另有一番領略，行文有濃重的傳染性，令人心靈顫動。他可說是目前我國文壇強有力的新選之一。

陳映真的作品沒有選入，但在序言裡卻有一整段單獨的評語，這是極為「破格」的待遇；「因故」兩字則充滿不為人知的苦澀。顯然，鍾肇政並沒有因為陳映真的「不識相」而記恨（這可是鍾肇政千辛萬苦，為本省籍作家搭建的舞台），反而特別闢一篇幅「存目」——就算拿不到陳映真的作品授權，也要昭告世人：陳映真是這個世代最重要的新秀。

然而，陳映真的信念與鍾肇政一樣堅定。隔年六月，鍾肇政又與「幼獅出版社」談妥一套《台灣省青年文學叢書》，再次邀請陳映真加入，陳映真還是拒絕。不只如此，一九六四年吳濁流創辦《台灣文藝》，由鍾肇政主持，試圖建構本省籍作家自己的發表陣地，鍾肇政當然力邀了陳映真，但陳映真還是消極以對。

這也是為什麼，鍾肇政會在寫給鄭清文的信裡感嘆，陳映真「對咱文壇完全失望」。這裡的「咱文壇」，自然是鍾肇政費盡全力撐持的那一小塊本土派陣地了；而此一「失望」，將永不再有化解的機會。即使到了解嚴之後的一九九三年，鍾肇政終於得償夙願，能夠抬頭挺胸出版以「台灣」為名的《台灣作家全集》，編了皇然精裝的五十多冊之時，陳映真仍然拒絕收錄。面對鍾肇政的再次邀約，這時早已卓然成家的陳映真，終於直白說出了他真正的心聲：

台灣作家全集我不參加，如果改名為在台灣的中國作家全集，我就參加！

這當然是不可能的，能冠上「台灣作家」、「台灣文學」這些字眼，能擺脫「中國」二字的夯枷，是多少作家苦熬數十年的心願。而陳映真不參加後，他的多年戰友黃春明也表示共進退，退出了這套選集。也因此，這套選集竟然形成了「有張大春，卻無陳映真、黃春明」的政治奇景。參與編輯工作的高天生表示，當時「對陳映真的『拒絕』，大家平常心看待」。真的嗎？至少鍾肇政就沒那麼平常心，對於這個他期盼多年、最有才華、最有可能寫出台灣文學史的本省籍大將，他還是有難分難捨的怨嘆吧。鍾肇政為《台灣作家全集》裡的《劉大任集》作序時，竟又岔題去寫陳映真：

此處忍不住地要順便提提文中所言及的有關陳映真的事。劉陳兩人曾經有過共同的「理想」，是此間許多人所熟知的，在經過二、三十年之後，他們之間終究有了「不同之處」，這恐怕不僅僅是人間滄桑、白雲蒼狗等說法所能解釋的吧。……在這套《台灣作家全集》裡劉陳兩君一出席一缺席，恰巧也透露了兩君的「不同之處」。

這已經不純粹為了編選技術上的「存目」了。在一篇應當評介劉大任的短文裡，鍾肇政還是花了大段篇幅寫陳映真，這已經是明明白白的傷心了。

後來喑啞的那聲鑼

陳映真與本土派的「咱文壇」分道揚鑣，但這正是他的影響力全速上升，奠定其歷史地位的時期。

事實上，在一九六〇年代中期，鍾肇政口中的「咱文壇」勢力非常微小，並非台灣文學圈的主流。真正的主流在台北，無論是官方死而不僵的反共文學體系，還是新銳大學生們引發的現代主義浪潮，都遠比本省籍作家的圈子要強勢得多。陳映真的才華與人格魅力，讓他在台北的知識分子圈裡成為舉足輕重的人物。他與《筆匯》時期的夥伴尉天驄、劉大任繼續攜手前行，創辦了《文學》季刊。這份刊物對後世的影響力極為巨大，黃春明的名作〈兒子的大玩偶〉、王禎和的名作

〈嫁妝一牛車〉，都是在這份刊物上發表的。

同一時間，陳映真也加入了一九六五年創辦的《劇場》雜誌。《劇場》由黃華成、邱剛健、莊靈等人主持，大量翻譯西方的劇本、討論法國新浪潮電影，是台灣藝術史上最具前衛精神的團體。陳映真初期的小說有濃厚的現代主義氣息，也跟《筆匯》同仁一起做過引進西方思潮的內容，對這一路數頗為熟悉，彼此匯聚並不奇怪。

也因此，陳映真在台灣現代主義運動的歷史上，是扮演過角色的。我說「扮演過角色」，不是比喻，是真的有個角色給他演。一九六五年，《劇場》雜誌翻譯了來自法國的劇作《等待果陀》，這齣劇完全看不出什麼情節，只見舞台上身分背景不明的角色，跳針式的討論：我們在等誰？等待果陀？果陀在哪裡？不知道？我們要走了嗎？不行。而在翻譯劇本後，《劇場》同仁更在台北的耕莘文教院大禮堂演出《等待果陀》，吸引了好奇的三百多名觀眾。但因為內容實在太過荒謬詭異，第一幕結束之後，就有一半的觀眾離場了。

這場《等待果陀》的開場，是一名演員把一面「鑼」丟在地上。這鑼是石膏做

《劇場》雜誌同仁演出的《等待果陀》海報。林盈志攝於臺北市立美術館「未完成，黃華成」展 2020/05/09 - 2020/11/08。

的道具，落地的聲音頗為沉悶。這不只是一場戲劇的開場，也是台灣現代主義史上的象徵性時刻。

這名丟鑼的演員，就是陳映真。

這或許是陳映真跟現代主義關係最深的瞬間，卻也是他背離現代主義的轉捩點。一九六二年以來，陳映真在思想上日漸左傾。而一名左傾的知識分子，就算能夠享受現代主義尖銳的感性，也不可能對台下議論紛紛、負氣走人的困惑群眾一無所感吧？如果這就是文學，這就是藝術，那文學和藝術到底對群眾有什麼意義呢？又談何改造社會的理想性呢？社會根本轉身就走啊。

由此，他不斷對《劇場》諸君提出建言——翻譯、引進新東西固然重要，是不是也要刊載一些我們自己的創作呢？前衛的美學有可看之處，但是不是要反省一下，如果我們的創作沒辦法讓大眾理解，這樣的創作還有意義嗎？在出演了《等待果陀》之後，即便陳映真確實從中體驗到某種尖銳的美感，他還是不斷撰文批判現代主義的艱澀路線。

這些舉動引起了黃華成等人的不滿。後來，黃華成在藝術史上著名的〈大台北畫派宣言〉裡，夾藏了「反對共產黨，反對『假共產黨』」的句子，一般認為就是在暗諷陳映真。有意思的不是「反對共產黨」——陳映真的左傾，圈內人大概都看得出來，挑這個點攻擊沒什麼特別的——，有意思的是「反對『假共產黨』」，這才是照準了陳映真的痛處踩下去。在那個年代，左派知識分子無法光明正大閱讀左派書刊；即便讀了，也不能貫徹左派理想。你說陳映真和他的祕密夥伴是共產黨，縱然有政治上的危險，但他們心裡反而會有「我就左！」的光榮感；但你說他們「假共產黨」，那就真的是惡毒且無法反駁的羞辱了，因為他們就沒機會玩真的啊。

事已至此，陳映真跟《劇場》的決裂，也就不可避免了。推開了鍾肇政本土意識的「咱文壇」，又決裂了黃華成現代主義的《劇場》，陳映真最終的文學歸宿，自然就落到《文學》季刊之上，這也是「正史」總是從這條脈絡來追溯陳映真文學生涯的原因。而此時陳映真的立場，也奠定了他在一九七〇年代「鄉土文學論戰」的特殊位置：他的「鄉土文學」，實際上是「站在左派反對國民黨」、「站在現實主義反對現代主義」、「站在統派反對本土派」的三軸座標綜合而成。

但《劇場》這段經歷，對陳映真來說並不是沒有意義的。他在這裡認識了一批志同道合的藝術家，一起發起了「大漢計畫」。這個計畫包含陳映真、劉大任、陳耀圻、李至善、莊靈、張照堂、牟敦芾、黃永松等人，他們打算合開電影公司，一方面拍攝商業片來賺取資金，一方面也拍出具有藝術性和批判性的電影。其中，陳耀圻曾拍出台灣第一部現代意義的紀錄片《劉必稼》，以一名底層外省老兵的生活為主軸，震撼了包括陳映真在內的知識分子圈。「大漢計畫」希望借助陳耀圻在「中影」的關係，逐步實現這群人的電影之夢。陳映真也為「大漢計畫」寫了一部劇本。

從陳映真之參與這個計畫，我們可以看出陳映真對於不同媒介的創作，是敏銳而開放的。只要能夠承載現實主義的、反映底層人民的生活，他都願意參與，並不自限於文字。而在「大漢計畫」裡累積的經驗和人脈，也一定程度影響了他日後創辦、為台灣「報導文學」和「紀實攝影」開啟新紀元的《人間》雜誌。

然而這都是後話了。一九六〇年代的「大漢計畫」並沒有成功，他們最終什麼都沒有拍出來。因為就在一九六八年，一場政治牢獄從天而降，將陳映真擄進世界的暗面，中斷了一切。

外交官與大哥：「民主台灣聯盟案」

這場政治牢獄，史稱「民主台灣聯盟案」。這是白色恐怖時期，文學界所牽連的最大案件，計有陳映真、李作成、吳耀忠、陳述孔、丘延亮等三十多人被捕。根據官方說法，他們以讀書會的方式，建立了所謂的「民主台灣聯盟」，並且有組織章程，預備顛覆政府。這種官方說法未必全然可信，但陳映真的散文〈後街〉至少能證明有一「組織」存在：

六六年底到六七年初，他和他親密的朋友們，受到思想渴求實踐的壓力，幼稚地走上了幼稚形式的組織的道路。

不管這個「幼稚形式的組織」到底是做到什麼程度，總之我們可以確認，這是陳映真和他的夥伴終於不能忍耐「知而不能行」的壓抑，試著聚在一起做點什麼，並且因為這樣的嘗試而遭到威權政府的雷擊。

在陳映真被捕後，台灣島內基本封鎖了消息，只有少數圈內人能從輾轉的耳語中得知此事，反而是遠在美國的聶華苓發起了救援行動。此時的聶華苓，如我們在〈愛在冷戰蔓延時〉一章所說，已經與安格爾在愛荷華大學創辦了「國際寫作計畫」。他們原本打算在這一年邀請陳映真訪美，卻被此案打亂了計畫。

最終，涉案者分別被判七年到十年不等的刑期。前文提及的日本外交官淺井基文，則被指控為這起事件的主謀。陳映真直到一九七五年，才因為蔣介石的「駕崩」，「大赦天下」而出獄。

事實上，淺井基文認為，他們之間的往來早就被國民黨盯上了。二〇一一年，淺井基文接受陳光興教授的訪談，回憶當年的案件經過：「他們一定知道，所以才一直監視我們的住處和行徑。……根據後來我前輩提供給我的訊息顯示，正是由於那時我跟陳映真有私下談話的狀況，才讓國民黨逮到機會逮捕他。」根據淺井基文的說法，這起事件引起兩國之間的嚴正交涉，當時他有幸受到上司的保護，所以沒有承受什麼傷害。他也從上司那裡讀過一次判決書，知道陳映真等人都在法庭上有「淺井基文是主謀」的說法，對此，他說：「我真的可以理解，因為若不這樣，他們就會被判死刑。只要把我當成代罪羔羊，說成是主謀，他們就可避免最壞的判決。」

值得玩味的是，淺井基文認為，陳映真這批人當時並沒有弄什麼組織、章程一類的東西，純粹只是讀書而已，這與陳映真多年後自陳的「幼稚地走上了幼稚形式的組織的道路」是矛盾的。我們很難確定是「陳映真有組織，但沒有告訴淺井」，還是「淺井知道，但基於某種原因宣稱不知」……甚至，這一「幼稚形式的組織」的證言，是不是我們現在所想像的那種「組織」，也在白色恐怖層層迷霧之中難以釐清。

而關於陳映真等人為何會在「民主台灣聯盟案」中被逮捕，也有另一種流行說法。根據季季《行走的樹》所述，當年與陳映真等青年一同活動的專欄作家楊蔚，實際上是情治單位的線人，也是「民主台灣聯盟案」的告密者。楊蔚是資深左派，曾在一九五〇年因為白色恐怖入獄，關了十年才出來。經歷了政治牢獄而不改其志，還持續參與左派的讀書會，這樣的堅定自然令青年陳映真十分信服，尊之為大哥。然而沒有人知道的是，楊蔚出獄之後，並沒有獲得真正的自由——情治單位繼續派人監視他，並且脅迫他監視其他作家。

他的牢獄生活始終沒有結束。最終，楊蔚也把最信任他的文藝青年們送進監獄了。這是迫害的鎖鏈。

六〇年代的十字路口

——再一次，以上故事，也是陳映真研究的「正史」。

這段「正史」，還少了一個令人費解的側面，即陳映真跟同時期另一個政治組織「台灣青年獨立聯盟」的關係。你沒看錯，是「台灣青年獨立聯盟」。這是一個由王育德、黃昭堂、許世楷、金美齡、辜寬敏等人在日本組成的、徹頭徹尾的台獨組織。

一九六七年，也就是陳映真因為「民主台灣聯盟案」被捕的前一年，一位名叫陳中統的醫師聯絡上陳映真。陳中統留學日本，在岡山醫學研究所研究血液跟癌症。他回台省親之時，拜訪了許多親朋好友，其中就包括了成功高中時期就認識的陳映真。他們其實算是老朋友了——在兩人念高中的一九五七年，台灣爆發了「劉自然事件」，國軍少校劉自然被美軍顧問團成員槍殺，從而引爆了大規模的反美示威遊行。兩人在校內聽到老師的演講，義憤填膺，以拖把、硬紙板做了「抗議美軍藐視人權」的標語，帶頭衝在遊行隊伍最前方，因而被警察拘捕申誡。（有趣的是，這位在校內演講的老師，正是開創戰後「現代詩」風潮的詩人紀弦。）

在畢業後，兩位熱血青年各自走向了不同的道路。陳映真左傾，陳中統則在日本加入了「台灣青年獨立聯盟」，受辜寬敏之託，回台招募有志青年。陳中統之所以頻頻拜訪親友，正是為了招募。奇妙的是，政治立場理應南轅北轍的兩人，竟然一拍即合，陳映真答應入盟。陳中統將一些闡明台獨理念的文件交給陳映真，再請陳映真寫下一份讀後感、一份誓詞，由他帶回東京總部，這就算是完成入盟儀式了。

此一入盟儀式到底有沒有完成，是現在很難確認的。陳映真願意入盟，但似乎沒有親筆寫下這份文件，而是口述內容與想法之後，由陳中統攜回日本代寫。不過，確實有些側面證據顯示，早年的陳映真跟台獨運動者有所連結。比如陳映真的作家戰友劉大任便曾自述，在自己一九六六年離台赴美之前，曾經和陳映真一起讀過彭明敏等人撰寫的〈台灣人民自救運動宣言〉，這可不是隨便能在書店裡買到的文件。這段經歷，也被劉大任寫進了長篇小說《浮游群落》裡。有趣的是，《浮游群落》裡影射陳映真的那位主角，雖然不同意〈台灣人民自救運動宣言〉的論點，卻是最能同理、理解台獨人士心情的角色。

無論如何，陳中統吸收了陳映真，這大概是無庸置疑之事。但問題是，陳映真為什麼會願意加入？這個時間點，已經是陳映真幾度拒絕鍾肇政的邀約，與「咱文壇」漸行漸遠之後了。放回當時的時空脈絡，這或許可以理解為一種「統一戰線」的策略——即使左右統獨立場有別，只要是反國民黨的，就可以暫時合作。

如此一來，我們或可看見一個有別於「正史」的陳映真：他並不只是一個全然孤絕、毫無策略彈性的人。我這樣說，或許會引起某些人士的不快，認為我在詆毀陳映真對左統信念的堅貞；但我並不覺得將陳映真想像成一位頑固僵化的教條主義者，會是理解他的好方法。從陳中統的角度看，是陳映真被吸收了；但從陳映真的角度看，這何嘗不是他設法獲得更多資源，來完成政治理想的努力？

至少，「台灣青年獨立聯盟」有一項陳映真與他的夥伴們極為缺乏的資源：錢。前文提過功敗垂成的「大漢計畫」，很大程度便是苦於資金不足，必須且戰且走。除此之外，辦刊物乃至於籌建組織，也統統需要錢。一九六七年同時發生的兩件事，正可以看出陳映真「努力找錢辦事」的痕跡。首先，他向尉天驄建議擴大《文學》季刊的規模，並且由「海外贊助者」來負擔成本。哪裡來的海外贊助者？嗯，這就是第二件事——陳映真也請陳中統回日本的時候，向辜寬敏提案：如果辜寬敏能夠贊助十萬元的經費，陳映真便能辦起一家類似日本「岩波書店」的出版單位，成為傳播思想、組織運動的據點。

這不就是「海外贊助者」了嗎。

如果陳映真的這個計畫成功，能夠用「台灣青年獨立聯盟」的海外資金，在台灣境內辦一個有社運理念的出版社，並且發行雜誌的話——這等於組建了一個包含左、右、統、獨所有立場的，奇異的反國民黨大聯盟。

然而，這個計畫沒有成功。辜寬敏最終並未提供這筆資金，《文學》季刊也就沒能改版，更不要說是出版社了。一九六九年，陳中統與新婚夫人蔡憲子在台灣環島蜜月旅行，沿途隱隱然感覺受到跟監。旅行結束後，陳中統旋即被捕，比因為「民主台灣聯盟案」入獄的陳映真晚了半年多。也因此，在陳中統被審訊的紀錄裡，我們可以看到審訊人員會以「陳永善已經招了，你不承認也沒有用」之類的話語來威脅他。

在戒嚴政府築起的人造地獄裡，他們之間的關係是確無疑問的。

此時回顧起來，一九六〇年代中期，實是陳映真生命中最大的十字路口。在文學上，本土派的鍾肇政、左派的《文學》季刊、現代主義的《劇場》雜誌，都曾是他參與過並有可能走下去的路線；在政治上，左統與右獨，也都是可能的選項。

此時的陳映真，幾乎就站在各種民間力量的交會之處，拉扯、折衝、思索著……

獨自一人的山路

一九七五年，勢如皇帝的蔣介石「駕崩」了，也彷如古代帝制那般「大赦天下」。陳映真因而結束了七年的牢獄生涯。

然而，入獄並沒有摧折陳映真的意志，反而更加堅定了他的左統立場。他因為閱讀左派書籍而被捕，卻弔詭地在獄中結識了更多左派的政治犯前輩，從此成為最堅貞的左統代表。許多罪犯會戲稱入獄是「進修」，這在陳映真的生命史當中，卻絕非戲言。甚至可以說，正是「民主台灣聯盟案」將陳映真淬煉成百折不撓的陳映真。同樣是在散文〈後街〉裡，他如此自述：

> 他終於和被殘酷的暴力所湮滅、卻依然不死的歷史，正面相值了。他直接會見了少小的時候大人們在恐懼中噤聲耳語所及的人們和他們的時代。他看見

> 了他在青年時代更深人靜竊讀破舊的禁書時，在書上留下了眉批，在扉頁上寫下自己的名字，蓋上購買日期，端正地蓋上印章的那一代人。……他會見了早已為故鄉腐敗的經濟成長所遺忘的一整個世代的人。

出獄之後，他成了背負這些前輩的命運而活的人。他的文字、他的發言、他的行動，從此不只是為了抽象的「人民」、「群眾」，更是為了那些湮滅在白色恐怖裡的前輩。他們在牢裡油盡燈枯，但他們的精神將從此依附在壯年的陳映真身上，頑強而孤絕地延續下去。

而他的文學影響力，也絲毫沒有因此折損——毋寧說是越來越高了。他一出獄，便以「許南村」的筆名，寫了著名的〈試論陳映真〉。透過虛構的論者「許南村」，他頗為嚴厲地批判自己過去的文學作風，並且以此刻看來昭然若揭的姿態，發表了自己將全力投入左派理念的宣言：

> 陳映真的小說中的小知識分子，便是懷著這種無救贖的、自我破滅的慘苦的

> 悲哀，逼視著新的歷史時期的黎明．在一個歷史底轉形期，市鎮小知識分子的唯一救贖之道，便是在介入的實踐行程中，艱苦地做自我的革新，同他們無限依戀的舊世界做毅然的訣絕，從而投入一個更新的時代。

這種「舊世界必將毀壞、新世界即將到來」的，彷彿祭司預言歷史規律的語調，正是左派，或者至少是中國式左派的標準修辭。於是在政治上，他很快加入了「夏潮」，逐漸在左統的政治運動中成為要角，也埋下了往後與許多文壇夥伴裂解的伏筆；在文學上，他成為「鄉土文學」的代表作家之一，站在一九七〇年代「回歸現實」的文學浪潮上。

陳映真就在這樣的位置上，被捲入「鄉土文學論戰」。一九七七年的「鄉土文學論戰」，是台灣文學史上最重要的論戰，它的影響不只及於文學、藝術，也一定程度上撼動了威權的政治體系，為十年後的解嚴敲下一釘。論戰其實頗有「官方發動」的意味：立場親官方的反共文學作家，以及部分保守派的現代主義者，攜手襲擊聲勢日益高漲的鄉土文學作家。而從一開始，陳映真就是主要的攻擊目標之一。他們的批評，從文學上看起來沒什麼道理，大致的戰術就是將鄉土文學抹紅，或隱或顯地指控他們是「工農兵文學」。比如彭歌的〈不談人性，何有文學〉，就花了大量篇幅批評陳映真、尉天驄，並且暗示了他們與左派思想的牽連。但在「抹紅」這方面最臭名昭著的，當屬余光中〈狼來了〉一文：

> 北京未聞有「三民主義文學」，台北街頭卻可見「工農兵文藝」，台灣的文化界真夠「大方」，說不定，有一天「工農兵文藝」還會在台北得獎呢，正當我國外遭逆境之際，竟然有人內倡「工農兵文藝」，未免太巧合了。
>
> ……
>
> 說真話的時候已經來到，不見狼而叫「狼來了」，是自擾，見狼而不叫「狼來了」，是膽怯，問題不在帽子，在頭，如果帽子合頭，就不叫「戴帽子」，叫「抓頭」，在大嚷「戴帽子」之前，那些「工農兵文藝工作者」，還是先檢查檢

查自己的頭吧。

余光中不愧是一代詩人，文中的每一句話都能殺人不見血，尤其這些話語正衝著剛剛出獄兩年的陳映真而來。多年以後，根據陳映真的自述，余光中其時並不只有公開撰文聲討鄉土文學，也同時搜羅了陳映真的若干文章，將之與左派文獻相互對照畫線，寄給了當時的情治系統。

從後見之明來看，沒錯，陳映真是左派，余光中等人的「抹紅」並不是空穴來風。但是，文人之間如果有理念上的分歧，那也應當用堂堂正正的論述或創作來決勝負。我不能同意陳映真的政治立場，但我更不能同意余光中利用戒嚴時期的情治系統，把文學論戰上升成借刀殺人的醜戲。這不只是有失作家風範，更失去了做人的基本格調。

然而陳映真並未退縮，他還是站在論戰前線。當年年末，他發表了〈建立民族文學的風格〉一文反駁余光中；隨後又有〈關懷的人生觀〉的訪談。兩篇文章都強調不應以政治來恫嚇文學，但也因應政治壓力，採取了比較合於當時的「政治正確」之說法，將鄉土文學的目的說成是「建設三民主義的幸福社會」。後面這段，自然是違心之論的空話了；但面臨著余光中步步進逼的殺招，這種虛與委蛇是在所難免的。

不過，陳映真除了挺身扛住來自官方的壓力外，最特殊的一點，是他總記得「分兵」去反駁同樣是來自民間的、本土派的文學觀點。在此要特別說明：當代的讀者看到「鄉土文學」四個字，或許會直接聯想成「鄉土＝本土＝台獨」，實際上，一九七〇年代的鄉土文學完全不是這樣的。特別是以陳映真、尉天驄為首的「文季」集團，他們所主張的「鄉土文學」強調左派、底層的關懷，在統獨光譜上是比較偏向「台灣是中國的一部分，鄉土文學即為『描寫台灣底層的中國文學』」。相較之下，雖然也有葉石濤、鍾肇政等作家，主張「鄉土文學＝台灣文學」，要彰顯台灣的主體性，但在一九七〇年代的勢力是非常弱小的，小到官方打手甚至不屑攻擊的地步。這也是為什麼，來自官方的攻擊往往是「抹紅」而較少「抹獨」——獨派在當時的文學圈內，根本就是邊緣人，只有一塊小小的「咱文壇」。

因此，當陳映真以〈「鄉土文學」的盲點〉反駁葉石濤，並且每提到鄉土文學，就一定要駁斥「分離主義」（在當時，這是「台獨」的同義詞）時，是讓時人頗為不解的。即使是與他立場相同的人，也很困惑陳映真為何如此在意人少力孤的獨派。但這正是陳映真的「遠見」，他早已預見了獨派星火可能燎原，這是他除了對抗國民黨官方以外，另一個必須終身對抗的政治勢力。

再一次，我們可以看到陳映真「政治」與「文學」雙線作戰的表現：一九七七年的鄉土文學論戰還沒落幕，有強烈本土色彩的基督教長老教會發表了〈台灣基督長老教會人權宣言〉。這份由高俊明牧師主導的宣言，一方面呼籲美國總統卡特不應為了與中共建交，而放棄了台灣；一方面也呼籲美國應當基於人權、基於基督教的精神，支持台灣人獨立的願望。甚至有這樣明白的句子：

為達成台灣人民獨立及自由的願望，我們促請政府於此國際情勢危急之際，面對現實，採取有效措施，使台灣成為一個新而獨立的國家。

這是戒嚴時期，第一次有團體公開發表台灣獨立的訴求。這當然引起了美國的關注，美國國務院表示他們注意到了這件事，形同軟性警告國民黨不可清算長老教會。國民黨當然還是在接下來幾年，用盡了各種手段來清算相關人士，但細節並非本文主題，暫且不表。令人尷尬的，是隔年陳映真為《夏潮》執筆了一份針對此事的公開聲明〈台灣長老教會的歧路〉：

這封信顯示長老教會和美國的關係，並不是「被牽制」者與「牽制」者的對立關係，而是密切的「被保護者」與「保護者」的關係。而且美國國務院的這封寫給長老教會的「書信」，對於教會矢志效忠的中華民國政府構成明顯的內政干涉。那麼，其中的微妙，真是撲朔迷離。我們希望長老教會和政府雙方，能盡早對此間密切關心這一事件的社會大眾，做盡可能清楚的解釋。

對於當代台灣讀者來說，「內政干涉」的說法實在再熟悉沒有了，這不就是中華人民共和國，一向對於人權問題的回應嗎？而「長老教會和政府雙方清楚解釋」，這句看似溫文儒雅的訴求，卻也是不下於余光中的殺人不見血之語。這既是要求長老教會與「保護者」美國劃清界線，也是擠兌中華民國政府，激將官方出來「處理」。可嘆的是，這種說法由誰來說，或許都還在可理解的範圍之內，偏偏是陳映真執筆了這則「內政干涉說」，是更令人心寒的——當他以「民主台灣聯盟案」入獄時，聶華苓跟安格爾在美國的奔走營救，是不是一種「內政干涉」呢？還是說，只要涉及台獨，陳映真就能支持中華民國政府予以迫害了？

從「鄉土文學論戰」到〈台灣長老教會的歧路〉，我們可以看到一個複雜的陳映真形象。既是勇敢的理想主義者，也是深諳文壇政治及趨勢的作家；既是被暗算迫害的政治受難者，卻也因為執著於自身的理念，而對其他陣營祭出了並不光明的手段。這是他出獄之後，就背負著獄中左派政治犯的期待，所獨自走上的山路了。這是他「硬朗的戰鬥」，卻也是他即便聲譽日隆，卻在往後的文壇越來越孤獨的原因——並不只是因為他選擇了一個逐漸被社會主流揚棄的政治立場，更因為在這之後，他為了這個政治立場所犧牲的所損害的，已是他的同伴都難以接受的程度了。

比如說，在一九八九年「六四天安門事件」後所採取的行動。

最後一次動搖，與最終的獻祭

在「六四天安門事件」發生之前的整個一九八〇年代，是陳映真文學影響力最輝煌的時期。在小說創作方面，陳映真發表了「白色恐怖三部曲」〈鈴鐺花〉、〈山路〉、〈趙南棟〉三個中短篇，是他的高峰之作。其中〈山路〉更是毫無疑問的台灣文學經典（雖然他本人不會喜歡這個歸類）。這些作品既保留了陳映真獨有的憂悒、神祕氣質，又有非凡的歷史意義，見證了一段被官方湮滅的左翼故事，一掃此前「華盛頓大樓」系列小說所引來的「意念先行」之譏。

更為影響廣大的，是陳映真在一九八五年創辦了《人間》雜誌。《人間》雜誌是彙集了陳映真此前累積的所有經歷，全力施為的結晶。比如從「大漢計畫」以來，對各種媒介的興趣；以及一九八三年到愛荷華大學參訪時，所接觸到的「紀實攝影」，這都促成了《人間》雜誌極為經典的報導攝影風格，影響了無數同世代及後代的媒體工作者。而陳映真深厚的文學修為，與他身為左派知識分子對底層民眾的關懷，也讓他能夠帶領一批年輕記者，把台灣的「報導文學」提升到空前的高度。

如此秀異、深沉、精緻且不媚俗的圖文組合，使得《人間》雜誌幾乎成為台灣歷史上，「良心知識分子當如是」的標竿。他們報導主流媒體不願意處理的議題，並且透過高品質的圖片與文字，時時引動輿論，乃至促成某些政治改變。在許多議題上，《人間》雜誌的報導都是先鋒性的，包括但不止於同志議題、環保議題、農民議題、工人議題、二二八事件、原住民議題……比如創刊號以「在內湖垃圾山上討生活的人們」為題，就引領人們關注了一個近在咫尺、卻長年遭到忽略的「底層」；該刊封面是一名衣著破爛、神情瑟縮的少年，全幅的黑白照片，至今看來仍十分震撼人心。接下來幾年內，《人間》雜誌會繼續創造更多震撼：追蹤原住民受壓迫的「湯英伸事件」、報導環境運動的「鹿港反杜邦」，以及關注罕見疾病「白化症小孩」的專題……

《人間》雜誌，創刊號封面為「垃圾山」上的少年。

苦熬多年，四處尋找實踐可能的左派早星，終於找到了發光的方式。

《人間》雜誌與一九八〇年代人心思變、社會力湧動的風潮結合起來。在經濟成長到一個階段，人們開始有餘裕思考溫飽以外的問題時，《人間》雜誌提供了一道完全不同的窗口。政治不再只是教條的國共之爭、遙遠的左右之爭，台灣也不是只有統獨之爭一個重要軸線。陳映真多次不無得意地說，《人間》雜誌做到了許多本土派都沒能做到的，真正深入去瞭解台灣這塊土地上發生的事情，這是即便他的論敵都必須承認的。

沒錯，他確實有得意的本錢。在台灣的歷史上，恐怕沒有哪一個雜誌曾經發揮過這麼全面且深刻的影響力。如果你現在去調查四十歲以上的教授、記者、文化人甚至是政府官員，問他們對陳映真的印象是什麼？很可能既不是〈我的弟弟康雄〉、〈山路〉這些小說，而是《人間》雜誌。而他們之中最具理想性的，可能還有很多人會告訴你：我就是看了《人間》雜誌，才決定走上這一行的。

不過，陳映真本人的政治孤獨，並不是《人間》雜誌的成功就能夠化解的。

他抱持著左統的理念主持這份雜誌，但它廣大的群眾卻未必與他同調。這使得《人間》雜誌始終面臨一種尷尬的局面：當它又報導了某些不為人知的議題時，便會收穫一片喝采；但當它偶爾在某些文章，表露出陳映真的左統立場時，讀者來函的反應就會非常直接──「貴刊的社會性報導很好，應少談政治。」

畢竟在一九八〇年代，社會力的湧動並不只會助益特定的陣營。甚至可以說，由於「鄉土文學論戰」結束之後，並沒有任何陣營受到政府的直接清算，因此各方的知識分子都更敢於試探政府的底線，一點一點講出真心話。陳映真的「白色恐怖三部曲」，也是在這樣的背景下誕生的。而本來勢力弱小的台獨、本土派陣營，更是在這段時期急速擴張，逐漸在社會運動和知識分子的圈子裡占有一席之地。

面對此一局面，陳映真的統獨焦慮是更加深刻了。他不厭其煩地在文章與訪談中駁斥「台獨」，不只冗長地重複他所認知的台灣史，更創發了一套獨特的論點。這些論點大致如下：

1、在台灣，真正的問題是階級問題，而不是族群問題。

2、在社會各部門中，本省人與外省人是可以和睦相處的，並不像日治時期，日本人跟台灣人有明確的族群界線。

3、如果台灣持續跟中國分治下去，未來確實有可能形成一獨特的共同體。但是，從歷史來論證台灣族群的獨特性，是不可能成功的；此刻台灣也並沒有這種條件。

在某些層面上，這些說法言之成理。不過，即便是在論述第一、第二點時，陳映真也注意到了「政治的高層都是外省人」，但他往往會用「政治的底層也有外省人」來辯解，實際上這並無法解消「政治的高層沒有本省人」的歧視性事實。更何況，是否擁有明確的族群界線，並不是一個國家能否獨立的關鍵——他在一九八一年接受新加坡媒體訪談的〈人性．社會．文學〉裡，便毫無保留地稱新加坡「絕對是一個獨立的國家」、「好像美國文學從英國文學傳統中脫離而成長」；上述理論很難解釋為何新加坡可以獨立，而台灣不行。

最有趣的是第三點，這其實透露了陳映真在一定程度上，也同意了台灣獨立是有可能性、甚至是有正當性、會隨著時間自然發生的。當他說未來可以、目前不行的時候，實際上並未提出足夠明確的標準，來說明「目前」為何不足以獨立。——這或許，正是他在一九六〇年代接觸台獨運動者，所留下的某些思想遺痕吧。

另一方面，中華人民共和國的狀況也令他感到焦慮。在一九七〇年代以前，台灣不容易取得海峽對岸的消息，陳映真尚能對「祖國」保持一定程度的幻想。然而隨著兩岸的訊息逐漸彼此滲漏，陳映真開始發現：中華人民共和國也是一個會整肅異己、壓制民主運動人士的政府。比如一九七九年的「西單民主牆事件」，民運人士魏京生繫獄，陳映真便不斷在各種場合聲援，並且多次表達了他的困惑。

如果祖國沒有想像中那麼好，那該怎麼辦？最能代表此時陳映真在統獨議題上「內外交迫」之感的，當屬一九八四年〈陳映真的自白〉這篇訪談。他再次重複了對台獨的批判，但同時也以罕見的直白批評中國政府：

……問題在於目前居然把矛頭指向人道主義、指向社會主義內的異化，這些提法，我是反對的。

所謂社會主義的人道主義，是相對於過去幾十年來中共各種鬥爭中對「人民內部」的不可言喻的殘暴、非人作風而來的。在過去幾十年，人——受到了最不可置信的摧殘。把人當作人看待，反對人與人間瘋狂的相殘相殺，如果是什麼「資產階級的人道主義」，那麼，讓一切有良心的人民、知識分子全是這「資產階級的人道主義」者吧。

這時候的陳映真，還不是當代讀者印象中的那個，對所有中國的惡行都不置一詞的陳映真。他仍然衷心相信左派理念，但他也很明白不應當袒護中國的所作所為。但是，內有台獨勢力增長，外有祖國革命的墮落，統一大業究竟要如何堅持呢……？

陳映真最終如何調適他的心情，外人是難以得知的，我們只能看到最終的結果。解嚴後的一九八八年，陳映真和一群堅貞的統派共同創立了「中國統一聯盟」，陳映真擔任創黨主席。隔年，一九八九年「六四天安門事件」爆發，中國以坦克鎮壓學生運動，震驚了全世界。台灣的知識分子大受震動，幾乎一面倒地批判中國。而在這起事件後，陳映真確實也發表了若干「批判」的聲明，但他的批判卻是各打五十大板式的，固然批判了中共當局不應血腥鎮壓，卻也批判學運一方的主張將引入西方的資本主義，反而無法爭取到自由——這當然是左統人士才會有的獨特思路了。

在此，陳映真對「六四天安門事件」的「袒護」，或許有著連中國官方都未必明白的考量：對他而言，這起屠殺最可怕的後果，是幾乎斷絕了統派在台灣的發展餘地。當坦克輾過學生之際，不管你用什麼說詞、建構多少理論，都不可能說服台灣人跟這樣的國家統一了。陳映真在事件之後的種種發言，其實都帶有「修補統一可能性」的「苦心孤詣」。

由此來看，就不難理解為何陳映真會在隔年做出驚人之舉。一九九〇年，陳映真以「中國統一聯盟」主席的身分，率團訪問中國，並且受到中共中央總書記江澤民的接見。統盟連續發表了〈中國統一聯盟大陸訪問團抵京聲明〉、〈中國統一聯盟訪問團與江澤民的對話錄〉等文件，宣揚統一思想。

宣揚統一思想，這大家都很習慣了。但是，在六四天安門事件，在中共屠殺學生的隔年，率團去給江澤民摸頭，讓中共官媒可以做出一則〈共話祖國統一：江澤民總書記與台灣著名作家陳映真先生的談話〉的報導，這可突破了絕大多數台灣人的忍耐極限。即便是數十年的老戰友如尉天驄、黃春明，也都難以理解他對六四天安門事件，乃至於文化大革命的態度。二〇〇七年，尉天驄隔海憶念他與陳映真共同經歷的那個時代，寫下〈理想主義者的蘋果樹〉一文，文章的最後也是凝結在這一點上的：「但願他在病癒後能夠細緻地、深入地認清中國幾十年來的歷史和現實，在經歷連番的歷練後，再一次展現自己。」

然而，陳映真從一九九〇年代起，恐怕就已經沒有打算回頭了。他決意要把一生的聲譽和影響力，統統獻祭在祖國統一的祭壇之上。如果六四天安門事件的發生，會讓台灣人對統一失去信心，那陳映真一心所願的，就是動員自身所能動員的一切，縫補海峽之間越來越大的裂痕，為窘迫的中國政府解圍。即便這麼做，會使自己沉沒在海峽政治無盡的漩渦裡，也在所不惜。

於是，「一九八九」幾乎可以視為「陳映真的最後一年」。這一年，《人間》雜誌不堪財務壓力，在第四十七期停刊。這一年，他站在了坦克的那一邊。人們甚至難以確定，他夢裡是否還有那顆橙紅橙紅的早星。

持續寄出的邀請函

最終，陳映真變成了台灣文學史上，最令人心情複雜的作家之一。

所有人提到他，都會說：這是一位真正了不起的小說家、知識分子。大多數人，卻都還會再加上一句：可是啊，他的政治立場……

一九九〇年以後的陳映真，仍然有著文壇大老的地位。但是，他「不合時宜」的形象，卻永遠定型了，定型到幾乎沒有人記得，他曾經站在許多不同的十字路口上，有機會做出不同的選擇。他本來也可能有過掙扎。

二〇〇六年，陳映真定居北京。二〇一〇年，他加入「中國作家協會」，被授予「名譽副主席」之職。對中國官方來說，陳映真的重要性毋庸置疑：他可是「台灣人心向祖國」的樣板，時時可以拿出來政治宣傳一番的。但這也是陳映真的弔詭與悲傷：他是真真切切心向祖國，可是祖國之所以需要他，正是因為「陳映真是台灣作家」，如果他是純正的中國出身，就一點利用價值都沒有了。這是他不管拒絕多少次「台灣作家」、「台灣文學」之頭銜，都沒有辦法抹滅的。

山路越走越窄了。

二〇一六年，小說家陳映真於北京逝世，結束了他曲折而特異的一生。然而關於他的爭論，才正要開始。這是可以預料的，特別是對我這樣研究過陳映真的人來說，我閉著眼睛都能猜到，哪一個陣營會說出什麼話。陳映真最終的激進立場，注定了他會擁有一群最激進的、不能容忍任何其他詮釋的追隨者，一群自居神聖的投降主義者；也注定了他會擁有一群同樣激進的、聽不進任何話語的反對者。對這一切，我覺得萬分疲憊，就像是我在〈一綠色之候鳥〉裡面，深切感受過的那種疲憊一樣。真的嗎？最終留下來的，都是這樣的讀者和非讀者嗎？我以為那樣的小說，應當能激起人「能那樣的號泣，真是了不起」之慨，而不只是乾癟的立場二選一而已。

我心底千頭萬緒，卻又覺得說什麼都是無聊。也因為這樣，我接到《文訊》的邀約時，第一時間是拒絕的。何必呢？我能說什麼，我會說什麼，也是某一更高的腳本裡面，早就決定好了的。

但後來讓我下定決心，非得上去說點什麼不可的，正是黑函事件。

如果有人不能接受「我這樣讀陳映真」，激烈到足以成為挑撥材料的地步，那或許正證明了，「我這樣讀陳映真」有值得一說的地方罷。

陳映真拒絕參與任何冠以「台灣文學」之名的場合，但是，我這樣的台灣文學讀者，還是會持續地閱讀他、談論他、思索他，尊敬他在台灣文學史上獨一無二的地位。這是鍾肇政教導我們的——他即使在陳映真以統盟主席身分，去給江澤民摸頭之後，還是提出了邀約：我們要編一套《台灣作家全集》，你願不願意……？我相信，如果有第四套、第五套乃至於第一百套全集，鍾肇政還是會寫信給陳映真的。他可以一直拒絕，但我們也可以一直堅持。
因為文學並沒有教我們放棄。

附錄

——大家都下交流道，他卻踩了油門：七等生的「現代主義」及其時代

二〇二〇年十月二十四日，台灣重要的小說家七等生逝世。各個媒體與訪談在追思之餘，也以「現代主義」來定位他的小說成就。確實，七等生是台灣小說家當中，最致力追求現代主義美學的作家之一。他的小說文字晦澀，思路跳躍甚至情節違逆常理，完全符合大眾「現代主義＝看不懂」的印象。

然而，七等生之執著於「現代主義」，並沒有像表面上看起來這麼理所當然。甚至可以說，正是由於此一「執著」非常特殊，而讓他與最初密切往來的一批文友決裂，成為台灣文壇中「孤狼」一般的存在。七等生的文學經歷，不只是作家之間的人際糾葛而已，也是台灣戰後文壇發展到一九六〇年代之際，路線分歧的縮影。

「反共文學」的荒蕪年代及其反抗

故事或許要從「反共文學」的荒蕪年代講起。

七等生生於一九三九年，青少年時期正逢一九五〇年代。跟他同期的作家有黃春明、陳映真、王禎和、白先勇、王文興等人。這批人屬於中華民國統治台灣之後，第一批在戰後受教育的文學青年。他們所成長的年代，文學資源是極為匱乏的。由於中華民國政府的文化政策，台灣文壇陷入「雙重斷根」的處境：政府拒絕承認日治時期的文化累積，本省青年斷絕了一九三〇年代以降，燦爛發展的台灣文學脈絡；因為中華民國政府的反共立場，外省青年也被斬斷了一九三〇年代，在中國蓬勃發展的左翼文學脈絡。

簡言之：他們都跟自己的前輩切斷了聯繫。在他們眼前的台灣文壇，是毫無傳承可言的荒蕪之地。

在一九五〇年代，「雙重斷根」產生了真空地帶，而什麼填補了文壇的真空呢？就是官方大力推行的「反共文學」。反共文學的功過，不是本文的主題。但對於七等生及其同時代的青年來說，他們基本上都對這些政令宣導性質濃厚、藝術水準低落的作品感到厭煩。於是，當他們長到可以執筆創作的年紀，紛紛開始尋找出路——當你不想讀這些難看的作品，又因為戒嚴時代的資訊封鎖，而沒有太多翻譯作品可以讀，你能怎麼辦呢？對了，就是自己寫一些跟「反共文學」完全相反的東西。

因此，他們找到的第一條出路，就是「現代主義」。透過「美國新聞處」引介的歐美文學作品，他們學習到這種特殊的寫法，而它最吸引人的地方，就是樣樣都跟「反共文學」相反：反共文學強調政治主題，現代主義可以不寫政治；反共文學強調群體，現代主義重視個人；反共文學要描寫大的、外部的事件，現代主義則聚焦小的、內心的糾結。反共文學訴求明確清晰的文字，以利政治宣傳；現代主義則完全不在乎宣傳，為了表現個性，文字晦澀反而是優點。

這種想法，對於一群苦悶的大學生來說是很有吸引力的。如同彼得．蓋伊（Peter Gay）著名的現代主義史研究《現代主義：異端的誘惑》（*Modernism: The Lure of Heresy*）所言，現代主義抬高了藝術家本身的地位，彷彿藝術家的任務就是全心全意關注自己。而大眾之所以對現代主義有「看不懂」的晦澀印象，也正是因為現代主義文學本來就沒有打算好好跟讀者溝通。

總之，這樣的風潮首先在一批大學生之間展開，包括台大白先勇、歐陽子、陳若曦、王文興等人的《現代文學》雜誌；或以政大尉天驄所匯集的《筆匯》雜誌同仁，如陳映真、劉大任等人。他們有足夠的知識和文化資本來適應「現代主義」艱澀的理論與品味，從中培養一種更深刻的美學。

流風所及，一九五〇年代到一九六〇年代期間，台灣文壇上冒現了許多現代主義作品。七等生就是在這樣的背景裡躍上文壇的。

「現代主義」之後的路線分歧

一九六二年，二十三歲的七等生在「聯副」上發表了〈失業、撲克、炸魷魚〉。這是他首登文壇的作品。這篇只有三千餘字的小說非常地「現代主義」——它幾乎沒有故事可言。故事的開場，三個男人聚在一處打撲克牌，其中一人失業了。整個故事，就是他們三人打完牌，其中兩人（包含失業的男子）出去散步。他們約了失業男子的表妹一起，在街上看看風景，買了幾塊炸魷魚。最後，他們外帶炸魷魚給唯一沒有出門的男子，四人一起坐下來打橋牌。

故事結束，就這樣。你沒看錯。文學理論家或許可以有各種發揮，但平心而論，我認為他真的沒寫到什麼——作家自己可能也不知道自己在幹嘛。我們大概知道七等生可能想要捕捉一種百無聊賴的、虛無的感覺，但這樣的捕捉並不精微，畢竟「捕捉到無聊」跟「真的寫得很無聊」還是有差距的。不過，〈失業、撲克、炸魷魚〉倒是從開篇的第一句話，就揭示了七等生奇詭的文字風格，這句話是這樣的：

> 已經退役半年的透西晚上八句鐘來我的屋宇時我和音樂家正靠在燈盞下的小木方桌玩撲克。

綿延不斷的長句、刻意不通順的翻譯腔，以及詭異的選字（把「八點鐘」說成「八句鐘」、「我家」說成「我的屋宇」），這將是貫串七等生小說生涯的正字標記，也是它最富現代主義之處。七等生對文字之「怪」頗為自得，他在多處提及，文學最重要的就是文字的表現，平順地描寫並不能算是文學作品；文學的文字應該要能夠呼應主題，跟隨作家的呼吸節奏。

我對這種說法並不完全買單。在我的閱讀經驗裡，七等生的小說失敗的比成功的多，大多數時候我只會覺得他展現了一連串無效操作。然而，在他比較成功的作品裡，比如著名的〈我愛黑眼珠〉，或〈某夜在鹿鎮〉、〈來到小鎮的亞茲別〉等作中，七等生奇異的文字風格確實是無可取代的。在這些小說裡，扭曲糾結的文字與扭曲糾結的角色產生了有趣的共鳴效果，那是流暢華美的文字不可能觸及的感覺。

從「現代主義」轉向「現實主義」

在一九六二年躍上文壇的七等生，很快就受到同世代青年作家的注意，並引為同道。一九六六年，前面提過的尉天驄又再次創辦新的雜誌《文學》季刊。《文學》季刊除了原來《筆匯》時期的主力尉天驄、陳映真、劉大任之外，一開始就拉了七等生入夥，這是七等生首度、也是唯一一度深度參與一個文學團體。而且由於尉天驄、陳映真、劉大任等人各有個人因素，有很大一部分的編輯工作都由七等生經手。七等生為此甚至辭去工作，專心投入《文學》季刊第一期到第五期的編務。

在這段期間，《文學》季刊逐漸壯大，吸納了黃春明、王禎和、施叔青、雷驤等作家。這些作家陸續在此繳出代表作，使得《文學》季刊不但變成了當時舉足輕重的刊物，也在台灣文學史上有不可磨滅的重要性。而其中，黃春明跟雷驤更是七等生引介的。由此來看，七等生可以說是《文學》季刊創辦初期的大功臣之一。

然而，七等生當時並不知道，他正好遇上了文學路線轉折的關鍵時刻。《文學》季刊的主要作家，幾乎都是在這段時期，從「現代主義」轉向了「現實主義」。雖然「現代主義」樣樣都與反共文學相反，為文壇帶來了新的方向。但走了幾年之後，許多作家開始感到不滿：我們難道要一直寫這些讀者看不懂的東西嗎？文學難道只需要關注自己的內心，不需要關注這個世界嗎？

當「反共文學」提出一個政治主張，要求所有文學人照著寫的時候，「現代主義」的抵抗方式是放棄所有政治主張，在文學裡塑造出一個專注於內心皺褶的內部世界。然而，「現實主義」則進一步思考：我們為什麼要放棄所有政治呢？反共文學的問題，在於它設定了教條化的、「錯誤」的政治目標，它沒能關懷此時此刻台灣社會的處境。所以，真正該做的不是放棄政治、放棄描寫社會問題，而是放棄「必須描寫反共」的教條，落地描寫台灣的政治與社會。

在這個背景下，七等生反而成為《文學》季刊當中的孤例：他是少數沒有轉向的人。大多數《文學》季刊的作家，都可以在這個時期前後，比對出「從現代主義轉向現實主義」的痕跡。陳映真之前有現代主義的〈蘋果樹〉、〈淒慘的無言的嘴〉；然後轉向諷刺現代主義的〈唐倩的喜劇〉和描寫越戰的〈六月裡的玫瑰花〉。黃春明一開始寫了〈沒有頭的胡蜂〉、〈跟著腳走〉，全力以現代主義風格寫作；但在《文學》季刊同仁的鼓勵下，也轉向現實主義，而有了鄉土文學的大作〈看海的日子〉、〈兒子的大玩偶〉和〈蘋果的滋味〉。王禎和最早以現代主義的〈鬼·北風·人〉為人所知；但在《文學》季刊期間轉向現實主義，而有了〈來春姨悲秋〉和經典之作〈嫁妝一牛車〉。

這一波轉向，也將醞釀出一九七〇年代的「鄉土文學」浪潮，可以說是打開了戰後台灣的小說盛世。

如果「現代主義」曾經是文學青年極速奔馳的高速公路，大家現在都下交流道，準備換到「現實主義」路線去了。只有七等生，他不但還留在「現代主義」之路上，甚至還猛踩油門。

沒有轉向，卻迎來決裂

事實上，七等生也曾有轉向現實主義的契機。在參與《文學》季刊的前幾期，他發表了〈精神病患〉跟〈放生鼠〉這兩篇小說。雖然這兩篇小說距離現實主義還有一段差距，但至少情節明晰多了，因此得到了《文學》季刊同仁的讚譽，認為他找到了正確的寫作路線。然而，這顯然並非七等生的志趣所在。他隨後又發表了〈我愛黑眼珠〉和〈私奔〉這兩篇小說，回到了現代主義的晦澀灰暗路線。

《劇場》雜誌黃華成設計了許多書籍的封面，其中這一系列七等生的小說封面，更是其經典代表。
林盈志攝於臺北市立美術館「未完成，黃華成」展 2020/05/09 - 2020/11/08。

雖然〈我愛黑眼珠〉成為他最重要的代表作，聲譽至今不衰，但當時《文學》季刊同仁對此並不認可，還是希望七等生能漸漸走向關懷社會的現實主義路線。有趣的是，七等生和黃春明幾乎遇到了一模一樣的境況，結果卻天南地北。黃春明最初寫了現代主義小說時，《文學》季刊諸君並沒有很喜歡；而當他寫出鄉土氣息濃烈的小說時，《文學》季刊諸君則強烈讚賞。這一推一拉之間奠定了黃春明走向「鄉土文學」的信心，從此也標定了他的風格，「黃春明」這個作家形象，等於是在《文學》季刊形塑而成的。但同樣的機制作用在七等生身上時，七等生的反應卻極為抗拒。他後來在〈放生鼠〉的序言回憶這段經歷：

當文季第二期發表〈精神病患〉後，他們認為我已完全走對了途徑，對我讚譽和鼓勵。其實不然，事實上我還在摸索，我的心靈產生很大的徬徨，對於掛在他們口中宣揚的所謂使命頗表疑問，在我未充實知識檢視自我的秉性之前，我不能貿然依從某種文學的主張。我從實際生活和閱讀中獲得一些很怪異的啟示，因此我開始採用追隨我的心思的起伏的一種自動即興式的寫作，把現實的善惡的區別觀念完全摒棄，讓良知和自由的靈魂人物展現出來，我認為這種人物是每一個人最原初的形體，但卻被壓抑於現實生活的意識底層，這種原我像囚犯一樣地被拘禁被束縛，他們的唯一願望是爭取活躍的時空。而人類在各種禁忌和偽善之下委屈的生活正是這些肉眼非見的痛苦幽靈的象徵，我們的知覺和夢不能否定他們的存在。這是我的純正思想的開始，文季第三期我發表了〈我愛黑眼珠〉和〈私奔〉便引起他們的猜忌和失望了。

從這段文字可見的細節很多。比如「他們口中宣揚的所謂使命」、「我不能貿然依從某種文學的主張」，指的就是《文學》季刊其他同仁所傾向的「現實主義」文學；而「追隨我的心思的起伏的一種自動即興式的寫作」、「把現實的善惡的區別觀念完全摒棄」、「人類在各種禁忌和偽善之下委屈的生活正是這些肉眼非見的痛苦幽靈的象徵」這些說法，都有強烈的「現代主義」氣息。

一言以蔽之：《文學》季刊大多數同仁想要轉向現實主義，揚棄現代主義路線；但七等生剛好與他們相反，他正是受到現代主義吸引才入夥的。

就算不考慮私下的恩怨，光是這樣劇烈的理念差距，就讓七等生很難繼續在《文學》季刊待下去了吧。更別說此一時期，《文學》季刊的精神領袖是陳映真，而陳映真在思想上已經左傾，正透過各式各樣的評論、訪談、座談等活動，大力批評現代主義。事實上，《文學》季刊之創立，從一開始就帶有「跟現代主義決裂」的味道——陳映真、劉大任曾參加過一九六〇年代另一現代主義風格的《劇場》雜誌，後來卻與《劇場》主導者黃華成、邱剛健在「是否全面學習西方現代主義」方面有所分歧。陳映真主張雜誌應該一半引介、一半創作，不應全面臣服於西方的現代主義，也在《劇場》撰寫了批判現代主義的文章。黃華成則對此頗感不滿，在〈大台北畫派宣言〉裡意有所指地夾藏了「反對共產黨，更反對『假共產黨』」，暗指陳映真與劉大任。最終，陳映真與劉大任與《劇場》形同決裂，這才轉頭創辦了《文學》季刊。

但這是陳映真他們經歷的脈絡。從七等生的角度看過去，《文學》季刊一開始標榜「不樹立任何旗幟」，做出了兼容並包的承諾，不但沒有挑明會排斥現代主義，甚至還找了現代主義氣息強烈的自己入夥。而當七等生為這個雜誌付出許多

七等生，攝於二〇〇一年十二月。攝影：林柏樑。
國立臺灣文學館提供。林柏樑先生授權。

心力之後，陳映真卻在他發表現代主義作品的同時，不斷以評論譏刺、反對現代主義文學，彷彿是衝著他來的。這最終導致了七等生與《文學》季刊的決裂。

也因此，當七等生屢屢在自述裡提到，他反對文學為大眾服務、為社會服務，認為這種想法是一種純文學之墮落時，他回應的對象幾乎都可辨識為《文學》季刊的同仁。他的反覆申說，也證明了他真的很在意這場決裂。

最鮮明的例子，或可從〈期待白馬而顯現唐倩〉這篇小說看出來。這篇小說的起因，是陳映真先在一九六七年，寫了一篇〈唐倩的喜劇〉，嘲笑現代主義者缺乏信念、只是追隨流行。幾年後，七等生就「寫」了〈期待白馬而顯現唐倩〉——我把「寫」引號起來，是因為這篇小說的內文，大多都是濃縮摘抄了〈唐倩的喜劇〉。七等生刻意把〈唐倩的喜劇〉的文字，夾在自己早期的小說〈白馬〉所描述的概念裡，嘲諷了陳映真的嘲諷。〈白馬〉在小說中，是一項使荒地肥沃的傳說：當白馬來到某塊荒蕪的土地，牠會引領九名有心的青年，將荒地開墾為良田。

所以，〈期待白馬而顯現唐倩〉或可讀作七等生對《文學》季刊的失望與怨懟。本來他期待可以跟「有心的青年」一起在這塊文學荒地上做點什麼的，如同

「白馬」的傳說；沒想到，他等來的卻是「唐倩」對自己所持的文學夢想的嘲笑。我們不但可以從〈期待白馬而顯現唐倩〉讀出七等生的怨念，從發表時間也可略知一二：這篇小說發表於一九七二年，不但是在〈唐倩的喜劇〉的五年後，也更是陳映真因為政治活動而入獄的期間。這是連對手入獄了都無法化解的怨念啊。

七等生的「現代主義」執著

由上述背景來看，我們更能看出七等生的「現代主義」有何特殊意義。首先，《文學》季刊同仁幾乎都有自己的「現代主義時期」。但七等生是罕見從未動搖，始終走在這個路線上的。這牽涉到文學觀點的價值判斷，沒有絕對的對錯。但起碼我們可以說，七等生對自身的文學信念非常堅定，堅持以小說挖掘自己的內心世界，數十年如一日，這是很不容易的。黃春明在受訪談七等生時說：「他也寫得很認真，風格雖有跟別人比較不同，但個人色彩鮮明。」此處的「與別人比較不同」，其脈絡應可作如上觀。

其次，《文學》季刊的幾位重要作家，由於經歷過「先現代主義、後現實主義」的轉折，實際上發展出來的是一種混合性的美學。縱然每一位作家實際上的調和策略不同，但大致上都可歸納為「現實主義的關懷、現代主義的美學」之路線。譬如陳映真〈山路〉雖然寫的是左派知識分子的湮沒，卻有揮之不去的死亡陰鬱；黃春明〈兒子的大玩偶〉看似極為鄉土，但結尾的小丑臉又是極為銳利的象徵手法；王禎和〈嫁妝一牛車〉狀寫底層的悲慘，但文字上的奇詭卻不下任何一名現代主義作家。

七等生沒有經過這種轉折，這使得他小說中的現代主義美學非常純粹。在台灣文學史上，很少有人能如此決絕地貫徹自己的寫法，無論遭受怎樣的批評都不改其志——王文興是另外一個類似的案例，但他的作品數量遠少於七等生。而當絕大多數的作家，都多少遵守「一篇小說就應該是完整的一個單元」時，也只有七等生會讓他所有的小說，都成為「自己分靈出去的一個碎片」。他不追求單篇的完整，因為他相信所有單篇，都只是為了完整的「自己」而服務，加起來才是整體。此外，在他親自介入的個人作品集裡，小說與散文也往往混合難分；這或也顯示了「凡作品皆為我註腳」的大作者主義吧，是什麼文類並不重要。

有趣的是，在七等生離開《文學》季刊之後的第六期，《文學》季刊刊出了一批讀者回應。有一位輔大的讀者「魏仲智」，來函抒發他對七等生的熱愛：「（七等生）永遠是那麼憂悒，永遠為我們創造著午睡時的夢魇一般的世界。好在我們有了七等生，否則我們這種無由排遣的煩悶會逼得我們去自殺呢……」

數十年以後，成大的廖淑芳教授訪問陳映真，陳映真才承認：「魏仲智」這個人並不存在，是他自己假託的。信中的「憂悒」一詞，也確實是陳映真的愛用詞。值得玩味的是，在七等生決裂離開之後，陳映真是在什麼心情下假造這封信的呢？是示好、道歉？還是說，從「現代主義」轉向「現實主義」的陳映真，心底終究是有一個部分，其實是認同現代主義美學的，從而對七等生的作品有一種政治上難以公開承認、美學上卻衷心被打動的情感呢？隨著兩位作家的逝世，我們很難再知道了。

不管怎麼說，七等生總是一往無前地向前奔馳了。一封讀者來函是無法挽回什麼的。而他也在多年後，不無怨懟地對研究者說：「我在離開文季後寫的作品更多更順手，更能表現我個人的風格。」縱然在他人看來，他的風格可能極為怪異、他的文學信念可能頗為自我中心；但就算是偏執的信念，能堅持一輩子，也就成為常人難以超越的美學了。

而習於反駁「評論自己的評論」的七等生，想必也不會滿意我前文的說法吧。但無所謂，我一直認為，對一名作家最深的敬重與紀念，就是細細思索他的作品。即使是帶著一種批判性的角度。

謹以此拙文，悼念台灣文學史上最特異的小說家七等生。

後記——這也是他們教會我的

高中的時候，我聽說英國小說家佛斯特（E. M. Forster）的《小說面面觀》（*Aspects of the Novel*）一書，是所有初學小說者的聖經，於是興匆匆到圖書館借了出來。書確實是好書，許多觀念我受用至今。但讓當時的我頗感挫折的是，《小說面面觀》在舉例講解觀念時，往往信手捻來就是英美的小說。那些小說，我聽過的不到一半，更別說讀過了。

我一邊咬牙苦讀一邊怨嘆：難道就沒有一本以台灣為案例的小說入門書嗎？

往後幾年，隨著我越來越熟悉台灣文學圈與出版圈的狀態，我才發現這是一個歷史遺留的問題。沒有錯，《小說面面觀》作為一本一九二七年的書，它所揭櫫的觀念早就已經融入所有小說寫作者的手藝裡。我們其實並不一定要從那些英美名著的案例，才能學會什麼是「圓形人物」、什麼是「扁平人物」，才能學會「情節」跟「故事」有何不同。但當我參加各式各樣的文學營隊，聽著台上顯然是出身於台灣的名作家講解創作的奧祕時，他們幾乎都還是用外國的案例：波赫士，馬奎斯，川端康成，米蘭．昆德拉……

我沒有責怪這些作家的意思。事實上，我從他們的作品裡也學到了許多觀念，許多他們在講台上講解時，會用外國作品來舉例的觀念。我只是奇怪，明明他們筆下也有類似的表現，為何不以自己為例呢？就算是害羞，也可以以彼此為例啊！或者，他們也可以引用那些表現出類似手法的前輩們啊！

現在我當然知道為什麼了。如果用陳映真的話來講，他一定會說這是「殖民地」或「買辦」的畸形文學。我不會用這麼重的字眼，因為我漸漸明白，我的前輩、與我前輩的前輩，並不是刻意挾洋自重，而是台灣社會整體的氛圍，讓他們覺得喊出幾個外文名字，才能有權威感。而坐在台下的聽眾，即使被那些滿天花雨翻譯名詞搞得暈頭轉向，也會因為敬重這份權威感而不深究，最終只能帶走一些半生不熟的印象。這些聽眾之中，又會有幾個比較靈敏或執著一點的人，成為下一代作家，對著再下一代讀者吐出更多陌生的故事。

不夠有自信的作家，加上不夠有自信的讀者，最終只能用別人的文學，來證明自己對文學的愛。這種愛太悲傷，也太委屈了。

我想打破這個循環。

出了第一本書之後，我便立志要寫一系列的套書，我個人私下稱為「台灣文青養成計畫」。這個計畫的目標很簡單，就是全用台灣的作品與案例，來解說文學的基本概念。以世界文學的標準來看，台灣文學當然不是多麼了不起的一支。不過我也相信，我們所累積的養分，還不至於少到無法滋養自家下一代文青的地步。而比起外國的佳餚，我想我們應該還是更容易品味滷肉飯和黑白切的。

所以，我在二〇一四年出版了《學校不敢教的小說》，這是談「閱讀」；我在二〇一七年出版了《只要出問題，小說都能搞定》，這是談「創作」。而你手上的這本《他們沒在寫小說的時候》，則是談「作家」——如何理解一名作家，以及他／她所創建的文學事功。這系列還沒有結束，也許還會有更多本談「作家」的書，以及至少一本談「文學理論」的書——或許會以「作家們的筆戰」為主軸來寫吧。

《他們沒在寫小說的時候》是我首次嘗試類「評傳」的寫法，也就是說，我會一邊講作家的生平故事，一邊以我自己的觀點來評析作家在人生的關鍵點上，做出了什麼影響他／她的文學生涯、甚至影響後世文壇的決定。眼尖的讀者，也許會發現我運用了許多我在《文壇生態導覽》裡面整理過的模式，也算是我對文學社會學的興趣之延伸吧。我希望可以在這系列文章裡，讓文學讀者重新認識台灣的作家前輩，認識他們的精神、意志與勇氣；我也希望可以稍微讓非文學讀者感受到，就算你未必嗜讀文學作品，這些人本身的生命故事，及其對世界的熱情與執著，都有如小說一樣精彩。

至少我是這樣想的。

每次想到鍾肇政，我就會問自己：如果他都沒有放棄了，你有什麼卻步的理由？我能像鍾理和一樣，堅持寫到不能再寫為止嗎？我有沒有葉石濤的堅忍，能等到冰封雪融的一刻？我有林海音的耐心與細緻，能為了更遠大的目標而調和眾人嗎？我是否能跟陳千武一樣，擁有無可摧折的自信？聶華苓的格局與敏銳，郭松棻的深思與內省，陳映真與七等生看似相反卻猶如鏡像的執著⋯⋯我不想說一些「典型在夙昔」之類的老頭修辭，但我確實感激他們，在很多猶疑時刻為我照亮眼前路。我越知道他們的故事，就彷彿越能不驚詫於現世波瀾，越相信文學之神終會回報一切。如果這本書的讀者，也能分到一絲一毫類似的力量，就再值得不過了。

本書關於作家的種種判斷，大多得益自台灣文學研究的既成結果；少部分則是我以自身的文學經驗推想的。沒有幾個世代可敬的前輩與師友戮力研究，就不可能有這本書。而不管來源為何，謬誤之處自然該由我一力承擔。如果讀者想進一步閱讀更多關於台灣作家的故事，我很推薦以下幾本作品：

王鼎鈞：《文學江湖》

鍾肇政：《鍾肇政回憶錄》（兩冊）

鍾肇政、鍾理和：《台灣文學兩鍾書》

葉石濤：《一個台灣老朽作家的五〇年代》

聶華苓：《三輩子》

尉天驄：《回首我們的時代》

季季：《行走的樹》

鄭鴻生：《青春之歌》
陳明成：《陳映真現象》

當然，值得閱讀的傳記、研究與回憶錄遠不止這些，不過它們應當會是很好的起點，任何一本都是。而在你讀完本書乃至於進階到上述書目之後，再回頭去讀我散置在本書各篇中、「絕對不是不小心提到」的小說名篇，一定更會有線索星閃埋伏，豈止八方十面之感。

最後，我要深深推薦賴香吟《天亮之前的戀愛》一書。本來《他們沒在寫小說的時候》打算寫完戒嚴時期的小說家之後，再回頭補齊日治時期的上古神獸。但《天亮之前的戀愛》出版後，我一方面覺得珠玉在前，實在難以輕率下筆（到底要怎麼寫出更好的朱點人、王詩琅、龍瑛宗和呂赫若——）；一方面竟覺得如釋重負，既然已有這麼好的一本，我就再多想想吧，或者也根本不必勉強求全。或者……戰後也還有不少頗費思量的人物呢！比如歌雷，比如王禎和，比如溫瑞安，比如林燿德……甚至是更「對面」一點的朱西甯、彭歌？夙昔本來未必都要是典型，遠去的，也可以是帶來另一種哲思的人吧。

但這些都留待以後吧。現在就只做我現在能做到的事，那些看似毫不現實的夢，才有機會一一完成。

這也是他們的故事教會我的。

年表

一九一五年

・十二月十五日　鍾理和出生。

一九一八年

・四月二十八日　林海音（本名林含英）出生於日本大阪。

一九二一年

・十月　台灣文化協會成立，為台灣新文學運動開創期核心陣地。
・林海音隨父母返台。

一九二二年

・五月一日　陳千武（陳武雄）出生。
・鍾理和入鹽埔公學校，與異母弟鍾和鳴同學。

一九二三年

・三月　林海音全家赴北京定居。
・四月　「臺灣白話文研究會」創立。
・十二月　治警事件，賴和等人被逮捕入獄。

一九二五年

・一月十一日　聶華苓出生。
・一月二十日　鍾肇政出生。
・十一月一日　葉石濤出生於台南白金町。

一九二六年

・一月一日　賴和〈鬥鬧熱〉發表於《臺灣民報》。
・二月十四日　賴和〈一桿稱仔〉發表於《臺灣民報》。

一九二七年

・一月　台灣文化協會分裂。莊垂勝等於台中市寶町創建中央書局；該機構原為台灣文化協會中台灣的聚會場所「中央俱樂部」，但因台灣文化協會分裂而改作中央書局。十多年後，少年時代的陳千武便在此獲得許多文學養分。

一九三〇年

・十月二十七日　霧社事件。
・郭雪湖發表〈南街殷賑〉，第四回台展無鑑查出品、台展賞。

一九三一年

・六月　台灣文藝作家協會成立，機關刊物《台灣文學》於八月出版。
・八月　蔣渭水過世。

一九三二年

・三月　「台灣藝術研究會」由留日學生張文環、蘇維熊、王白淵與巫永福等人組成，隔年發行《福爾摩沙》。
・五月十九日　楊逵〈送報伕〉刊載於《台灣新民報》。
・七月　郭秋生〈建設臺灣話文一提案〉刊於《台灣新聞》。

一九三三年

・十月　楊熾昌（筆名水蔭萍）主導成立「風車詩社」於台南，是提倡超現實主義的文學社團，創設《Le Moulin（風車）》詩刊。戰後，陳千武提出「兩個根球論」，便認為風車詩社是台灣現代詩的淵源之一。

一九三四年

- 五月　北中南各地作家聯合成立「台灣文藝聯盟」於台中市，十一月機關刊物《台灣文藝》發行。
- 林海音就讀北平世界新聞專科學校，在《世界日報》實習，結識《世界日報》編輯夏承楹。

一九三五年

- 四月　陳千武考入台中一中。
- 十月　「始政四十周年記念臺灣博覽會」在台灣各地（以台北市為主場地）舉辦，為期五十天。
- 林海音於北平世界新聞專科學校畢業，正式進入《世界日報》擔任記者主跑婦女新聞。

一九三七年

- 四月　日本政府禁止出版各報刊漢文欄。
- 十一月八日　陳映真（本名陳永善）出生。
- 陳千武自述：「作文很認真寫，有一次甚至長達二十頁；日本老師卻給『丙』的成績，蔑視台灣人。」「和謝姓同學在台中公園邊賃居，住了一學期，喜看小說、交女友。」

一九三八年

- 三月　陳千武就讀台中一中二年級，因私赴日本受留級處分。
- 鍾和鳴前往日本明治大學政治經濟系就讀，一九四〇年休學。
- 六月　鍾理和隻身渡海到瀋陽。
- 八月二十七日　郭松棻出生。

一九三九年

- 七月二十三日　七等生（本名劉武雄）出生。
- 八月二十七日　陳千武平生首篇詩作〈夏深夜的一刻〉刊登於《台灣新民報》學藝欄（黃得時主編），因學校不准學生投稿而用「陳千武」為筆名。
- 林海音與夏承楹結婚，表舅張我軍為媒人。戰後，夏承楹以筆名「何凡」撰寫專欄「玻璃墊上」，成為著名專欄作家。

一九四〇年

- 一月　鍾和鳴與蔣碧玉夫婦前往中國參與抗日活動。
- 一月　「台灣文藝家協會」由西川滿等人組成，發行刊物《文藝台灣》。
- 二月十一日　台灣總督府頒布「台人更改日式姓名辦法」。
- 二月　陳千武「二月，日本政府發布實施改姓名運動。五月，當學校柔道主將，不願改姓名成皇民，也警告同學不可以改姓名，而被留校監禁一個多月，操行丁，軍訓也丙，不得升學」。
- 八月三日　為逃避「同姓之婚」的社會壓力，鍾理和領鍾台妹乘「馬尼拉丸」由高雄啟程，經基隆，到日本門司。再從下關搭船抵釜山、瀋陽。
- 十一月二十五日　台灣總督府再度公布「台籍民改日姓名促進綱要」。
- 陳千武自費出版第一本日文詩集《彷徨的草笛》。

一九四一年

・四月　「皇民奉公會」成立。
・十二月七日　日本偷襲美國珍珠港，引爆太平洋戰爭。
・保羅・安格爾掌理愛荷華大學作家工作坊。

一九四二年

・四月　台灣特別志願兵制度正式實施，強迫台人從軍。
・七月　陳千武被迫徵召為「台灣特別志願兵」，一九四三年九月被派往東南亞，到過東帝汶、爪哇。一九四五年日本投降後，受英軍約束於雅加達、新加坡的集中營。

一九四三年

・一月三十一日　賴和過世。
・三月　葉石濤於台南州立二中畢業。四月，應聘至西川滿主持之《文藝臺灣》雜誌社任助理編輯，發表小說〈林君的來信〉於《文藝臺灣》。
・四月　陳千武「入台南市台灣第四部隊為二等兵。……九月二十七日，轉隸台灣步兵第二聯隊（野戰部隊）升一等兵，次日，出發赴南洋作戰。十二月十五日，參加印尼帝力、老天海上戰鬥。十七日，到帝汶島參加濠北地區防衛作戰」。

一九四五年

・四月　鍾理和在北平馬德增書店出版生平第一本創作集《夾竹桃》。
・九月　鍾理和日記：「發廣播信箱。重慶台灣革命同志會鍾和鳴……與人以一種隔世之慨。」
・八月十五日　二戰結束。日本結束五十一年的對台統治。日本無條件投降，陳千武所屬部隊受英軍指揮，參加印尼獨立戰爭。
・九月　楊逵主編《一陽週報》在台中創刊。
・九月二十五日　台灣省行政長官公署成立，首任行政長官兼台灣省警備總司令為陳儀。

一九四六年

・三月二十九日　鍾理和搭難民船，自天津、上海到基隆。四月十四日抵高雄，不久應屏東內埔初中校長鍾璧和之聘，任代用國文教師，居住宿舍。
・四月　陳千武赴雅加達集中營，在營中發起「明台會」，為學華文抄背「國父遺囑」。七月自南洋回到台灣，十二月考入台中縣大甲林區管理處（八仙山林場），經辦一千五百名伐木工人的人事工作。
・八月　鍾和鳴在友人邀請下受聘擔任台灣省立基隆中學校長。
・十月二十五日　國民黨政府禁止日文報刊、雜誌。

一九四七年

・一月　鍾理和肺疾惡化，北上入台大醫院診療。
・二月　二二八事件。因為二二八事件，鍾理和南返。
・三月　鍾理和辭內埔初中教職，回美濃定居。
・四月二十二日　廢除台灣省行政長官公署。
・七月　鍾和鳴祕密成立中國共產黨基隆中學支部。
・八月　《新生報》「橋」副刊創立，由歌雷主編。「橋」副刊為戰後初期，最認真縫合本省作家、外省作家歧見的平台。
・十月十日　《自立晚報》創刊。

・十二月二十五日　開始施行「中華民國憲法」。

一九四八年

・秋天　中國共產黨基隆中學支部發行《光明報》，主事者為呂赫若。

・十一月九日　林海音一家五口由北京經上海回台灣。

・十二月二十五日　《國語日報》創刊，發行人洪炎秋，副刊主編何容。

一九四九年

・一月二十六日　台灣省警備總司令部成立。

・二月十二日　葉石濤描寫「二二八事件」的小說〈三月的媽祖〉，發表於《新生報》「橋」副刊。

・二月　《新生報》「橋」副刊主編歌雷邀請葉石濤協助選稿。

・三月二十九日　《新生報》「橋」副刊停刊。

・四月　「四六事件」，軍警進入台大及師範學院逮捕學生，「橋」副刊許多作者亦陸續被捕。

・四月　楊逵發表「和平宣言」被捕，判刑十二年。

・林海音開始在報上發表文章，最初作品多投稿《公論報》和《自由中國》雜誌，後多發表於《中央日報》與《國語日報》。五月，任《國語日報》編輯，十二月主編「週末」版（至一九五五年十月）。

・五月二十日　**台灣戒嚴**。台灣警備總司令部和台灣省政府宣布戒嚴，基隆、高雄兩港實施宵禁。

・八月五日　美國發表「中國問題白皮書」。

・九月一日　成立台灣省保安司令部，彭孟緝擔任司令。

・九月　《公論報》「文藝」週刊由江森主編，以介紹本省籍作家為主。

・十月一日　中華人民共和國成立。

・十一月二十日　《自由中國》創刊，以半月刊發行，胡適掛名發行人，社長雷震，主編毛子水、雷震，文藝欄主編聶華苓。

・十二月七日　中華民國政府遷都台北。

・十二月　台北《民族報》副刊由孫陵主編。孫陵一般被視為開啟「反共文學」的早期人物。

一九五〇年

・三月　「中華文藝獎金委員會成立」，主委張道藩。

・四月　陳紀瀅之反共小說名作《荻村傳》開始在《自由中國》連載。

・五月四日　「中國文藝協會」成立，首任主席陳紀瀅。

・五月　鍾理和接受胸腔整型手術。

・五月二十三日　戡亂時期檢肅匪諜條例由立法院通過。

・六月　鍾理和第二次肺病開刀，拿去六根肋骨。

・六月二十五日　北韓軍隊通過北緯三十八度線，韓戰爆發。

・八月一日　聯軍總司令麥克阿瑟與蔣介石確定美中軍事合作，共同協防台灣與澎湖。

・八月十日　國民黨政府禁止報刊使用日文。

・十月二日　《徵信新聞》創刊，為《中國時報》前身（一九六八年七月一日改名）。

・十月十四日　鍾和鳴被槍決於台北馬場町刑場。

一九五一年

・一月　教育部下令禁售不印民國年號的書刊。

• 八月十一日　《自由中國》社論〈政府不可誘民入罪〉發表後遭軍方干涉，九月一日胡適發表〈致本社一封信〉表達辭去發行人名義。

• 九月八日　舊金山和約簽訂。

• 九月十六日　由《全民日報》、《民族報》、《經濟時報》三報合併而成的《聯合版》創刊，一九五七年六月二十日更名為《聯合報》至今。

• 九月　葉石濤被保密局逮捕。「因事辭去永福國小教職。杜門不出，自修自學三年。」一九五三年七月遭台灣省保安司令部以「知匪不報」判處有期徒刑五年。

一九五二年

• 二月二十日　台北召開中日和約會議，兩國代表由葉公超及河田烈分別擔任。四月二十八日在台北簽訂「中日和平條約」。八月二日蔣介石簽署，八月五日正式生效。

• 三月　美國防部聲明台灣、菲律賓列入太平洋艦隊管轄、韓戰結束仍將護衛台灣。

• 三月　張道藩當選立法院長。

• 六月　《文壇》創刊，前五期社長王藍、劉枋主編，後來由發行人穆中南兼主編，以呼應國家文藝政策走向為主。

• 十月三十一日　「中國青年反共救國團」成立，蔣經國擔任主任。

• 十一月　胡適從美國返台，《自由中國》歡迎胡適並舉辦慶祝三週年酒會，會中胡適公開談話辭去《自由中國》發行人。

• 十一月十一日　潘人木《蓮漪表妹》及廖清秀《恩仇血淚記》分別獲得中華文藝獎金委員會「國父誕辰紀念獎金」長篇小說獎前兩名。

• 十一月十四日　蔣介石總統發表「民生主義育樂兩篇補述」。

• 十二月二十八日　「台灣人民武裝保衛隊」在台北汐止鹿窟山區被破獲。

一九五三年

• 二月　紀弦擔任《現代詩》季刊的主編兼發行人。

• 九月　殷海光譯海耶克《到奴役之路》，刊載於《自由中國》。

• 十一月　林海音受聘任《聯合報》副刊主編，適值生產，順延至一九五四年一月接任（任職至一九六三年四月二十三日）。

一九五四年

• 二月　鍾理和次子立民夭折，寫成〈野茫茫〉，刊於《野風月刊》。

• 七月　《自由中國》刊出余燕人等人共同發表的〈搶救教育危機〉，批評以教材國民黨化，以及救國團介入學校教育，蔣介石對此大怒，下令開除雷震的黨籍，十二月撤銷其擔任的職務。

• 九月　葉石濤獲減刑，刑期縮短為三年，出獄。

• 十月十日　由張默、洛夫主編，《創世紀》詩刊於高雄左營發行，瘂弦於第二期加入編務。

• 張愛玲《秧歌》出版。

一九五五年

• 二月一日　「戰鬥文藝」由《文壇》提出，希望各界討論並參與座談。

• 十二月三日　鍾理和完成《笠山農場》。

• 林海音第一本書《冬青樹》（陳紀瀅主編）出版。

一九五六年

- 一月　「現代派」由紀弦領軍在台北成立，主要以新詩革命、強調新詩現代化為訴求，成員有林亨泰、鄭愁予、方思、白萩等五十三人，提出新詩是「橫的移植非縱的繼承」強調詩的知性與純粹的追求。
- 十月三十一日　《自由中國》發表祝蔣介石七十大壽「祝壽專號」，委婉批評蔣介石違憲連任第三任總統、違憲的組織戰特務機構，此專號轟動一時，再版到七版。
- 十一月　鍾理和《笠山農場》獲中華文藝獎金委員會「國父誕辰紀念獎金」長篇小說第二獎。
- 十二月二十日　林海音〈要喝冰水嗎？〉發表於《文學雜誌》。

一九五七年

- 一月　廖清秀《恩仇血淚記》自印出版。
- 一月三十一日　《中央日報》拒絕刊載《自由中國》廣告。
- 三月二十日　美軍雷諾槍殺劉自然。五月二十三日美軍軍事法庭宣布無罪，五月二十四日群眾至美國駐台北大使館示威抗議，陳映真與陳中統參與抗議。
- 四月　《聯合報》副刊主編易手焦家駒，林海音暫時主編「婦女生活版」，十月又改回林海音主編。
- 四月一日　朱伴耘在《自由中國》發表〈反對黨！反對黨！反對黨！〉，力主組織反對黨以救國。
- 四月二十三日　《文友通訊》創刊。
- 八月一日　《自由中國》社論提出〈反攻大陸的問題〉。
- 十一月　蔣總統任命胡適為中央研究院院長。
- 十一月　《文星》雜誌創刊。林海音負責文藝輯及校核，編刊至一九六一年十月。
- 十一月十三日　廖清秀訪鍾理和，兩人談了兩天兩夜。
- 十二月　林海音〈城南舊事〉分上下兩期刊於《自由中國》。
- 十二月五日　白先勇第一篇作品〈小黃兒〉刊於《聯合報》副刊。

一九五八年

- 一月　《自由中國》社論〈今日的問題之十二：青年反共救國團問題〉主張廢除救國團。
- 一月　陳千武開始以筆名「桓夫」發表詩作。
- 三月十三日　鄭清文首篇作品〈寂寞的心〉發表於《聯合報》副刊。
- 四月　郭松棻第一篇小說〈王懷和他的女人〉刊於台大《大學時代》雜誌第十期。
- 六月　姜貴《旋風》出版（明華書局）。鹿橋《未央歌》出版（香港人生出版社）。
- 六月　《自由中國》社論〈積極展開新黨運動〉，積極建言成立反對黨。
- 七月　鍾理和透過各種管道索回《笠山農場》原稿。
- 九月九日　《文友通訊》最後一期。
- 十二月　鍾理和辭去美濃代書館店的工作，在家裡養病。

一九五九年

- 一月　《自由中國》發表社論以為蔣介石未經修憲即可連任總統是違憲。
- 二月十六日　瘂弦作品〈赫魯雪夫〉首次發表於《聯合報》副刊。
- 四月十四日　鍾理和小說〈蒼蠅〉首次發表於《聯合報》副刊。

• 五月四日　革新號《筆匯》創刊，尉天驄主編。尉天驄主編的「文學季刊」系列刊物共有：《筆匯》革新號（一九五九年五月至一九六一年十一月）、《文學季刊》（一九六六年十月至一九七〇年二月）、《文學》雙月刊（一九七一年一月至一九七一年三月）、《文季》季刊（一九七三年八月至一九七四年五月）、《文季》文學雙月刊（一九八三年四月起至一九八五年六月）。

• 五月七日　鍾理和日記記載一讀者（陳永善）來信讚美他在五月一日於《聯合報》副刊發表的〈草坡上〉。

• 九月　陳映真發表首篇小說〈麵攤〉於《筆匯》。

• 聶華苓《翡翠貓》出版（明華）。聶華苓翻譯亨利．詹姆斯小說《德莫福夫人》出版（文學雜誌）。

一九六〇年

• 一月　陳映真〈我的弟弟康雄〉發表於《筆匯》革新號第九期。

• 三月　劉大任第一篇作品〈逃亡〉發表於《筆匯》革新號第十期。

• 三月　《現代文學》雜誌創刊。

• 四月十四日　鍾肇政《魯冰花》開始於《聯合報》副刊連載。

• 七月　林海音小說集《城南舊事》出版（台中：光啟出版社）。

• 八月四日　鍾理和修訂〈雨〉時，肺疾復發血染稿紙，病逝。

• 九月四日　《自由中國》發行人雷震以涉嫌叛亂被捕，本日此案宣判，以知匪不告及連續以文字有利叛徒宣傳，兩項罪名各判七年有期徒刑，合併十年有期徒刑，褫奪公權七年。

• 十月　林海音、鍾肇政等成立鍾理和遺著出版委員會，出版鍾理和小說集《雨》（文星書店發行）。

• 十二月　陳映真〈介紹第一部台灣的鄉土文學作品集：《雨》〉發表於《筆匯》第二卷第五期。

• 聶華苓翻譯《美國短篇小說選》出版（明華）。

一九六一年

• 三月　王禎和〈鬼．北風．人〉發表於《現代文學》。

• 四月六日　楊逵出獄，自綠島返回台中。

• 四月二十四日　林懷民〈兒歌〉首次發表於《聯合報》副刊。

• 六月　郭松棻畢業於台大外文系。

• 七月　郭松棻〈沙特存在主義的自我毀滅〉刊於《現代文學》第九期。

• 七月四日　陳之藩〈迷失的時代與海明威〉首次發表於《聯合報》副刊。

• 九月　鍾理和遺著《笠山農場》出版（學生書局）。

• 十一月　陳映真〈蘋果樹〉（筆名：陳根旺）發表於《筆匯》第二卷十一、十二期合刊本。

• 十月二十五日　陳若曦〈邀晤〉首次發表於《聯合報》副刊。

一九六二年

• 二月十四日　歐陽子〈小南的日記〉首次發表於《聯合報》副刊。

• 三月二十日　黃春明〈城仔落車〉首次發表於《聯合報》副刊。

• 四月三日　七等生的〈失業、撲克、炸魷魚〉首次發表於《聯合報》副刊。

• 五月　七等生〈黑眼珠與我〉發表於《聯合報》副刊。

• 陳若曦到愛荷華拜訪保羅．安格爾。

• 楊逵信用借貸五萬元，在台中市郊東海大學對面購買荒地，經營東海花園，款項分期攤還。

一九六三年

・三月　陳千武《密林詩抄》出版（現代文學出版社）。
・三月　陳映真〈哦！蘇珊娜〉發表於香港《好望角》半月刊，後刊載於一九六六年九月《幼獅文藝》第一五三期。
・四月二十三日　林海音因「船長事件」離開《聯合報》。
・四月　台灣省新聞處查禁郭良蕙長篇小說《心鎖》，中國文藝協會註銷郭良蕙會籍。
・聶華苓與保羅・安格爾在「美國新聞處」的酒會第一次見面。

一九六四年

・一月　陳映真〈將軍族〉發表於《現代文學》第十九期。
・三月十六日　陳千武與詹冰、林亨泰、白萩先生等發起笠詩社。
・四月一日　吳濁流創辦《台灣文藝》，以月刊發行，第五期後改季刊發行。
・四月　王尚義《從異鄉人到失落的一代》出版（文星）。
・六月　林海音擔任台灣省教育廳兒童讀物編輯小組首任主編，林海音此後將寫作拓展到兒童文學領域。
・六月　《笠詩刊》創刊。
・七月　陳映真〈淒慘的無言的嘴〉發表於《現代文學》第二十一期。
・七月　林海音〈爸爸的花兒落了〉發表於《台灣文藝》。
・十月　鍾理和紀念專輯於《台灣文藝》第五期刊出。
・十月　陳映真〈一綠色之候鳥〉發表於《現代文學》第二十二期。
・十月　聶華苓《失去的金鈴子》出版（文星）。
・秋天　聶華苓前往美國愛荷華大學作家工作坊。
・陳千武自一九六四年年底起至一九七二年，不斷受到特務人員的監視、騷擾、打壓無法升遷、出國。

一九六五年

・一月　《劇場》季刊創刊。
・一月　洛夫《石室之死亡》出版（創世紀詩社）。
・四月　由國防總政治部主辦，在北投復興岡舉行兩天「國軍第一屆文藝大會」，通過「國軍文藝金像獎設置規定」並設立「國軍新文藝運動委員會」。
・七月　陳映真〈兀自照耀著的太陽〉發表於《現代文學》第二十五期。
・九月　陳千武寄贈《笠詩刊》給日本靜岡縣圖書館，而開始與日本詩人高橋喜久晴通訊，開啟與日本詩學交流。
・九月三日　《劇場》季刊同仁於台北的耕莘文教院大禮堂演出貝克特《等待果陀》與黃華成《先知》（九月三日至四日）。
・九月二十三日　王育德、黃昭堂、許世楷、周英明、金美齡、廖春榮等人在日本將「台灣青年會」發展為「台灣青年獨立聯盟」，邱永漢、辜寬敏後來加入。
・十月　鍾肇政編選《本省籍作家作品選集》出版（文壇社），及《台灣省青年文學叢書》出版（鄭清文《簸箕谷》、黃娟《小貝殼》、鍾鐵民《石罅中的小花》等書，幼獅書店出版）。
・十月　葉石濤〈論吳濁流「幕後支配者」〉發表於《台灣文藝》。
・十一月　葉石濤〈台灣的鄉土文學〉發表於《文星》。
・十一月　七等生〈來到小鎮的亞茲別〉發表於《現代文學》第二十六期。
・十一月八日　張深切過世。
・郭松棻參與電影《原》演出。

- 「大漢計畫」：一九六五年底到一九六六年春，以李至善、劉大任、陳映真、陳耀圻四人為主，曾在一九六六年前後，成立名為「大漢計畫」的影劇團體，後來也完成了《杜水龍》劇情長片腳本，並排定由黃永松、曹又方等人主演，在一九六八年「民主台灣聯盟案」後計畫瓦解。

一九六六年

- 一月　葉石濤〈卡謬論〉發表於《台灣文藝》。
- 一月　黃華成〈大台北畫派宣言〉發表於《劇場》季刊第五期。
- 三月　陳千武參加日本靜岡縣圖書館所辦「早春特展」。
- 三月二十九日　「現代詩展」，由《幼獅文藝》、《現代文學》、《笠》詩刊與《劇場》共同贊助。參展藝術家黃華成、龍思良、黃永松、張照堂等人，將自選喜愛的現代詩以意象化展出。原定西門町展出，因警察干預被迫移至台大校園傅鐘，之後又被校警趕至活動中心草地舉辦。
- 五月　葉石濤〈獄中記〉發表於《幼獅文藝》。
- 五月　中共文化大革命發動。
- 七月　葉石濤〈吳濁流論〉、〈鍾肇政論〉發表於《台灣文藝》。八月，〈評介鍾理和〉發表於《自由青年》。
- 八月　郭松棻赴美至加大柏克萊大學修讀比較文學。一九六九年獲比較文學碩士。一九七〇年投入保釣運動，一九七一年放棄博士學位。
- 十月　陳映真、尉天驄、劉大任創辦《文學季刊》。陳映真〈最後的夏日〉、黃春明〈跟著腳走〉、七等生〈放生鼠〉發表於《文學季刊》第一期。
- 十二月　郭松棻〈大台北畫派一九六六秋展〉發表於《劇場》雜誌第七、八合期，呼應黃華成的〈大台北畫派宣言〉。
- 十二月　白先勇〈遊園驚夢〉發表於《現代文學》第三十期。

一九六七年

- 一月　林海音創辦《純文學》月刊，擔任發行人及主編。
- 一月　王禎和〈來春姨悲秋〉、陳映真〈唐倩的喜劇〉、黃春明〈沒有頭的胡蜂〉、七等生〈精神病患〉發表於《文學季刊》第二期。
- 四月　安部公房《砂丘之女》，由鍾肇政翻譯，共十二萬字，刊於《純文學》月刊第四期。
- 四月　陳映真〈第一件差事〉、七等生〈我愛黑眼珠〉與〈私奔〉、黃春明〈青番公的故事〉與〈神、人、鬼〉、王禎和〈嫁妝一牛車〉發表於《文學季刊》第三期。
- 四月　第二屆台灣文學獎頒獎，由《台灣文藝》主辦，七等生〈灰色鳥〉、黃春明〈男人與小刀〉、鍾肇政〈中元的構圖〉獲佳作。
- 五月　七等生〈沙河悲歌〉發表於《聯合報》副刊（五月十九日至六月二十一日每日連載）。
- 七月　陳映真〈六月裡的玫瑰花〉、黃春明〈溺死一隻老貓〉發表於《文學季刊》第四期。
- 十月　陳千武以南洋特別志願兵經驗為背景，而寫出小說〈輸送船〉，十六年後輯為《獵女犯》的首篇。
- 十一月　七等生〈某夜在鹿鎮〉發表於《文學季刊》第五期。
- 十一月十日　王禎和〈五月十三節〉及黃春明〈看海的日子〉發表於《文學季刊》第五期。
- 陳耀圻完成《劉必稼》紀錄片。
- 保羅・安格爾與聶華苓於美國創辦愛荷華大學「國際寫作計畫」。

一九六八年

・一月　林海音成立「純文學出版社」。
・二月　黃春明〈兒子的大玩偶〉發表於《文學季刊》第六期。
・七月　陳映真因「民主臺灣聯盟案」被判處十年有期徒刑，罪名為「組織聚讀馬列共黨主義、魯迅等左翼書冊及為共產黨宣傳等罪名」，計有陳映真、李作成、吳耀忠、陳述孔、丘延亮等三十多人被捕。
・九月一日　《徵信新聞》改名為《中國時報》發刊。
・十月　聯合國亞洲經濟開發委員會（ECAFE）指出釣魚台列嶼海底大陸棚為油田，引起台灣、日本與中國方面的關注。

一九六九年

・四月二十日　鄭清文〈門〉獲得第四屆台灣文學獎。一九七〇年起此獎改稱吳濁流文學獎。
・五月　葉石濤獲中華文藝協會文藝論評獎獎章。
・九月　陳千武翻譯聖修伯里《星星的王子》、《杜立德先生到非洲》出版（田園）。
・九月十六日　殷海光病逝。
・陳千武申請赴日本，但安全調查未通過。

一九七〇年

・林海音加入國立編譯館國小國語科編審委員會，主稿一、二年級國語課本，直至一九九六年。
・四月二十四日　行政院副院長蔣經國訪美至紐約市廣場飯店，康乃爾大學博士生黃文雄開槍刺蔣未遂被捕。
・五月　郭松棻〈中國近代史的再認識〉，《大風通訊》（美國）。
・九月四日　雷震出獄。
・九月十日　美國宣布將在一九七二年把美軍二戰時所占領的琉球群島交予日本，包括釣魚台列嶼，引發保釣運動。十一月十七日，美國普林斯頓大學的台灣留學生組成「保衛釣魚台行動委員會」。一九七一年一月二十九日，兩千多位台灣及香港留美學生在聯合國總部外面示威，高呼「保衛釣魚台」。
・十一月　鄭清文短篇小說集《校園裡的椰子樹》出版（三民書局）。
・十一月　陳千武編選台灣六十一位詩人作品，選入《華麗島詩集》，由日本東京若樹書房出版。
・十二月一日　聶華苓《桑青與桃紅》開始於《聯合報》副刊連載。

一九七一年

・一月　《文學》雙月刊發行。
・一月　郭松棻〈當頭棒打自由主義者〉、〈「五四」運動的意義——一九七一年一月二十九日舊金山保釣運動示威大會演說詞〉，《戰報》（美國）第一期（一二九示威專號）。
・一月　《大學雜誌》（由張俊宏和陳鼓應等人於一九六八年創立的改革派雜誌）開始刊登保釣運動的消息，同時也鼓吹自由主義，希望政府恢復人民政治自由。
・一月二十四　郭松棻〈柏克萊保衛釣魚台宣言〉，《保衛釣魚台列島一二九遊行大會通知》（美國柏克萊）。
・五月十四日　聶華苓與保羅・安格爾在愛荷華結婚。
・六月　林海音主編《純文學月刊》最後一期，之後《純文學月刊》由學生書局接辦，林海音之後專心辦純文學出版社。
・六月　在美日簽署移轉琉球（包括釣魚台列嶼在內）管轄權文件，

上千大學生發動示威遊行，至美、日大使館遞交抗議書。此後隨著美日的簽約已定，台灣學生的保釣運動也就暫停。

・六月　郭松棻〈打倒博士買辦集團！〉（筆名：羅龍邁）、〈台獨極端主義與大國沙文主義〉（筆名：簡達），《戰報》（美國）第二期。

・六月十七日　中華民國要求美日以合理合法措施，尊重我國對釣魚台列島主權。

・九月十六日　美國總統尼克森建議將安理會席次給中共，但保留中華民國為聯合國會員國。

・十月二十五日　阿爾巴尼亞、阿爾及利亞、羅馬尼亞等二十三個國家於聯合國提出「恢復中華人民共和國在聯合國組織中的合法權利問題」提案，中華民國代表團周書楷宣布中華民國退出聯合國，該提案最後由聯合國大會通過。

・十二月　郭松棻〈全面發起中國統一運動的時候到了〉，《盤古》（香港）。

・十二月二十日　郭松棻〈我們為什麼要發起中國統一運動——客觀形勢的初步分析〉，《柏克萊快訊》。

・聶華苓翻譯安德烈・紀德《遣悲懷》出版（晨鐘）。

・郭松棻在聯合國任職，旅居美國紐約。

一九七二年

・一月　郭松棻〈全面發動促進中國統一運動——柏克萊中國統一運動籌備會聲明〉，《柏克萊快訊》。

・四月　郭松棻〈保釣運動是政治性的，也是民族性的，而歸根結底是民族性的〉（筆名：簡達），《東風》（美國）第一期。

・十月　郭松棻〈把運動的矛頭指向台灣——一九七二年四月八日於明尼蘇達大學「保釣委員會」舉辦「台灣、中國問題討論會」上的報告〉（筆名：簡達），《東風》（美國）第二期。

・十二月　黃春明〈蘋果的滋味〉發表於《中國時報》人間副刊。

・七等生發表〈期待白馬而顯現唐倩〉。

一九七三年

・二月　陳千武應堂兄陳端堂市長聘為機要人員，擔任台中市政府總務處庶務股長。

・三月　葉石濤出版評論集《葉石濤作家論集》（三信）。

・八月　《文季》季刊創刊發行。王禎和〈望你早歸〉發表於《文季》第一期。

・十月　王禎和〈小林來台北〉發表於《文季》第二期。

一九七四年

・三月　郭松棻〈戰後西方自由主義的分化——談卡謬和沙特的思想論戰〉（羅安達），《抖擻》（香港）第二期。

・十二月　陳千武《媽祖的纏足》出版（笠詩社）。

・聶華苓離台十年後第一次回台，探訪雷震。

・郭松棻偕李渝與父親郭雪湖至中國參訪。

一九七五年

・一月　黃春明〈小琪的那一頂帽子〉發表於《中外文學》。

・四月　蔣介石過世。

・七月　陳映真因蔣介石去世百日特赦而提早三年出獄。

・十一月　陳映真以筆名「許南村」發表〈試論陳映真〉，反省過去、並宣言未來將改變作風。

一九七六年

・二月二十八日　《夏潮》雜誌創刊，集結左翼中國民族主義立場的黨外運動人士。
・七月　陳千武〈獵女犯〉刊於《台灣文藝》第五十二期（七月）與五十三期（十月）。
・九月　《聯合報》第一屆小說獎頒獎，丁亞民〈冬季〉與蔣曉雲〈掉傘天〉獲獎。
・十月二十五日　文英基金會捐獻興建之台中市立文化中心開幕啟用，由陳千武協助創立並擔任文化中心主任。
・十月七日　吳濁流過世。
・十月　鍾肇政接手《台灣文藝》。
・十一月　《鍾理和全集》出版（遠景）。
・聶華苓《桑青與桃紅》出版（香港：友聯）。
・葉石濤發表評論〈兩年來的省籍作家及其小說〉、〈論七等生的小說〉。

一九七七年

・三月　《台灣文藝》第五十四期推出「鍾理和作品研究專號」。
・三月　陳千武首度被批准可以出國，旅遊韓國、日本，與韓國金光林先生、日本高橋喜久晴先生等多人談詩，並洽商三國詩集出版事宜。始脫離情治人員四十五年的糾纏。
・五月　葉石濤〈台灣鄉土文學史導論〉發表於《夏潮》。
・五月　郭松棻〈從「荒謬」到「反叛」——談卡謬的思想概念（一）〉（筆名：李寬木），《夏潮》第二卷五期。
・五月　《七等生小說全集》十冊出版（遠行）。
・六月　陳映真〈「鄉土文學」的盲點〉（筆名：許南村）發表於《台灣文藝》革新二期。
・六月　《台灣文藝》革新第二期推出「七等生研究專輯」。
・六月　陳千武〈獵女犯〉獲吳濁流文學獎。
・八月　鄉土文學論戰開始。
・八月十六日　基督教長老教會發表〈台灣基督長老教會人權宣言〉。
・八月十七日　彭歌〈不談人性・何有文學〉發表於《聯合報》副刊（八月十七至十九日）。
・八月二十日　余光中〈狼來了〉發表於《聯合報》副刊。
・十月　陳映真〈建立民族文學的風格〉發表於《中華雜誌》第一七一期。
・十月　陳映真〈關懷的人生觀〉發表於《小說新潮》第二期。
・十一月十六日　《當前文學問題總批判》出版，為「鄉土文學論戰」反對鄉土文學方的論集。
・十一月十九日　中壢事件。

一九七八年

・鍾肇政接任「民眾日報」副刊部主任。
・二月十二日　張文環過世。
・四月　尉天驄主編的《鄉土文學討論集》出版，為「鄉土文學論戰」支持鄉土文學方的論集。
・四月　陳千武獲台灣文藝作家協會文化獎。
・六月　陳映真〈台灣長老教會的歧路〉發表於《夏潮》。
・十月二日　《中國時報》第一屆「時報文學獎」由宋澤萊〈打牛湳村〉獲推薦小說獎，張大春〈雞翎圖〉獲優等獎。
・十月二十二日　「光復前的台灣文學座談會」由《聯合報》舉辦，

出席作家有葉石濤、陳火泉、楊雲萍、龍瑛宗等。

・十月三十一日　《台灣文藝》革新第七號刊出「黃春明作品研究專輯」。

・聶華苓在一九四九年之後第一次踏上中國探親。

一九七九年

・二月　陳千武與北原政吉共同編譯《臺灣現代詩集》，由日本熊本市もぐら書房出版，收錄台灣三十位現代詩人作品。

・三月　葉石濤出版評論集《台灣鄉土作家論集》（遠景）。

・三月七日　雷震過世。

・三月　北京「西單民主牆事件」：三月二十二日《北京日報》發表〈人權不是無產階級的口號〉，三月二十五日魏京生在西單民主牆貼出大字報〈要民主還是要新的獨裁〉批評鄧小平「走的是獨裁路線」。三月二十九日北京市革命委員會發布通告稱，凡是反四項基本原則、洩漏機密、違反憲法和法律的標語、海報、大字報、小字報及書刊、畫冊、唱片、圖片等，「一律禁止」。〈通告〉發出後，北京市公安局立即開始抓捕，魏京生和陳呂當天被捕（魏京生被捕的直接理由是出賣中國軍事情報，「把我軍斃傷越軍一萬多人的戰報及自編我軍指揮員名單、戰略意圖等資料，以二十元人民幣賣給外國人」）。

・四月四日　宋澤萊〈打牛湳村〉和陳映真小說〈夜行貨車〉獲吳濁流文學獎。

・六月三十日　由林海音、鍾肇政、葉石濤、鄭清文、李喬、張良澤等六人具名，發出籌建「鍾理和紀念館」啟事。

・七月　鍾肇政、葉石濤主編《光復前台灣文學全集》（遠景）。

・八月十一日　郭松棻〈郭雪湖筆下的自然美〉（筆名：史紀）發表於《人民日報》（中國）。

・十月三十日　陳映真又被警備總部軍法處以涉嫌叛亂、拘捕防逃的理由，帶往調查局拘留。在施明德、陳鼓應、白先勇、鄭愁予等人的連署抗議下，於三十六小時後獲釋。

・十一月　鍾肇政獲第二屆吳三連文藝獎。

・十二月十日　美麗島事件。

一九八〇年

・二月　葉石濤獲第一屆巫永福評論獎。

・二月二十八日　「林宅血案」。

・十二月十五日　《笠詩刊》慶祝一百期。

一九八一年

・一月　陳千武日文詩集《媽祖的纏足》出版。

・五月十日　陳映真、杜南發對談：〈人性・社會・文學〉，刊載於《南洋商報》（新加坡）。

・六月　梅新主編《現代詩》以季刊復刊。

・七月三日　「陳文成命案」。

・八月　美國愛荷華大學國際寫作計畫邀請袁瓊瓊、楊逵、管管等赴美訪問。

・陳火泉、王詩琅獲得第七屆國家文藝獎。

一九八三年

・四月　《文季》文學雙月刊發行。陳映真〈鈴鐺花〉發表於《文季》文學雙月刊第一卷第一期。

・四月　葉石濤《文學回憶錄》出版（遠景）。

・七月　《文訊》由國民黨中央文化工作會創刊。
・八月　陳映真、七等生赴愛荷華大學國際寫作計畫。
・八月　陳映真〈山路〉發表於《文季》文學雙月刊第一卷第三期。
・八月六日　民歌手與詩人在高雄文化中心舉辦「詩歌獻唱會」為鍾理和紀念館籌募基金，八月七日鍾理和紀念館完成一樓，落成開幕。一九八六年興建二樓。一九九七年，高雄縣政府在紀念館兩側興建台灣文學步道園區，豎立鍾理和紀念雕像。

一九八四年

・一月一日　陳千武擔任台灣日報「兒童天地」版執行編輯共二年。
・一月　韋名〈陳映真的自白——文學思想及政治觀〉刊載於《七十年代》月刊。
・三月　陳映真〈西川滿與台灣文學〉發表於《文季》雙月刊。
・五月　蔣經國、李登輝宣誓就職為正副總統。
・七月　郭松棻發表〈月印〉。
・九月　陳映真《山路》出版（遠景）。
・九月　夏宇《備忘錄》自印出版。
・十月十五日　「江南案」。
・十一月　陳千武《獵女犯：台灣特別志願兵的回憶》出版（熱點文化事業），一九九九年改名為《活著回來：日治時期臺灣特別志願兵的回憶》出版（晨星）。
・「台灣意識論戰」：淵源於「鄉土文學論戰」，到了一九八三、八四之際發展出台灣意識論戰。陳芳明（筆名：宋冬陽）〈現階段臺灣文學本土化的問題——兩種理論的奠基者：葉石濤和陳映真〉、陳樹鴻〈台灣意識：黨外民主運動的基石〉、許水綠〈台灣文學界說與方向〉、梁景峰〈我的中國是台灣〉、林濁水〈《夏潮論壇》反「台灣人意識」論的崩解〉、高伊哥的〈台灣歷史意識問題〉等文章發表，與黨外運動的「台灣住民自決」匯流，強化台灣意識形成。與此相對的是陳映真為代表所強調的中國意識，如吳德山〈走出「台灣意識」的陰影〉、戴國煇〈研究台灣史經驗談〉、陳映真、戴國煇對談〈「台灣人意識」「台灣民族」的虛相與實相〉、陳映真〈中國文學和第三世界文學之比較〉、〈為了民族的團結與和平〉、劉添財〈台灣文學分離運動〉等。陳映真與陳芳明的論戰，到了二〇〇〇年還會再發展出新一波針對台灣殖民、再殖民、後殖民、去殖民的論戰。

一九八五年

・一月　陳千武獲中華文化復興委員會銀盤獎。
・二月　十信擠兌風暴。
・三月二十一日　楊逵過世。
・六月　葉石濤出版評論集《沒有土地，哪有文學》（遠景）。
・七月　劉大任《浮游群落》出版（遠景）。本書先在一九八三年於香港出版（臻善），在台灣最初是在康寧祥創辦的黨外雜誌《亞洲人》連載，遠景出版後，負責人沈登恩曾被叫到警備總部去問話。
・十一月　陳映真創辦《人間》雜誌（至一九八九年九月共發行四十七期）。

一九八六年

・九月　陳千武應邀參加韓國漢城舉辦之「亞洲詩人會議」發表論文〈詩的主題與其背景〉。

一九八七年

- 二月　葉石濤出版《台灣文學史綱》（文學界）。
- 六月　陳映真〈趙南棟〉發表於《人間》雜誌第二十期。
- 七月十五日　解除台灣戒嚴令。
- 十一月　葉石濤《台灣文學史綱》獲中國時報文化貢獻獎。

一九八八年

- 二月十三日　陳芳明〈是撰寫台灣文學史的時候了〉發表於《自立早報》（二月十三日至十四日）。
- 四月四日　陳映真與胡秋原等人成立「中國統一聯盟」並擔任首屆主席。
- 五月　聶華苓與保羅・安格爾應《中國時報》余紀忠邀請回台訪問。
- 五月七日　陳芳明〈在中國的台灣文學與在台灣的中國文學〉發表於《民進報》（革新版）第九期。

一九八九年

- 六月四日　天安門事件。
- 七月　陳映真成立人間出版社。
- 十月　財團法人鍾理和文教基金會成立。
- 十一月十二日　柏林圍牆開放。

一九九〇年

- 一月　葉石濤《台灣文學的悲情》出版（派色文化）。
- 二月十五日　陳映真以「中國統一聯盟」主席的身分，率團訪問中國。二月十九日中共中央總書記江澤民在人民大會堂會見中國統一聯盟大陸訪問團。
- 三月　葉石濤出版評論集《走向台灣文學》（自立晚報）。
- 五月　立法院總預算審查會議決定一九九一年六月裁撤「光復大陸設計委員會」。
- 十二月八日　「鍾理和文學研討會」在高雄醫學院南杏社舉辦，鍾肇政、鄭清文、鍾鐵民、葉石濤等發表論文。
- 鍾肇政擔任《台灣作家全集》（前衛）編委會召集人。

一九九一年

- 三月十二日　保羅・安格爾在機場猝逝。
- 五月　李登輝總統令公布廢止「動員戡亂時期臨時條款」。
- 九月　葉石濤回憶錄《一個台灣老朽作家的五〇年代》出版（前衛）。

一九九二年

- 四月　陳千武獲第一屆國家文藝獎翻譯成就獎。
- 八月二十日　廖清秀獲在南鯤鯓舉辦的「鹽分地帶文藝營」頒發「台灣文學特殊貢獻獎」。

一九九三年

- 《台灣作家全集》出版（前衛）。

一九九四年

- 四月　陳千武獲日本翻譯協會創作特別功勞獎。
- 十二月二十七日　「賴和及其同時代的作家——日據時期台灣文學國際學術會議」於新竹清華大學舉行。

一九九五年

・八月五日　葉石濤〈戰前台灣新文學的自主意識〉發表於《台灣新聞報・西子灣》。
・八月十二日　葉石濤〈戰後台灣新文學的自主意識〉發表於《台灣新聞報・西子灣》。
・十月二十八日　葉石濤〈台灣文學史上的鄉土文學論爭〉發表於《台灣新聞報・西子灣》。
・十二月　「純文學出版社」結束營業。

一九九六年

・一月八日　林燿德因心臟病突發過世。
・一月二十九日　陳映真、林瑞明、呂正惠等台灣作家參加在北京召開六天的「台灣文學研討會」，會議主題為「學術視野中的台灣文學研究」。

一九九七年

・三月　郭松棻〈今夜星光燦爛〉，《中文外學》第二十五卷第十期。
・四月　「日據時代台灣文學研討會」由教育部委託輔仁大學外語學院主辦。
・七月一日　香港主權由英國正式移交中國，英國在香港殖民統治共一百五十五年。

一九九八年

・二月　鍾肇政、鍾理和《台灣文學兩鍾書》出版（草根）。
・四月　鍾肇政《鍾肇政回憶錄（一）——徬徨與掙扎》、《鍾肇政回憶錄（二）——文壇交遊錄》出版（前衛）。
・六月　葉石濤出版評論《台灣文學入門》（春暉）。
・八月三日　林海音獲第三屆「世界華文作家協會」頒贈「終身成就獎」。
・八月四日　「陳映真的文學創作與文化評論研討會」於香港大學本部舉辦。丘延亮策畫，香港大學亞洲研究中心主辦。
・八月　《鄭清文短篇小說全集》出版。

一九九九年

・二月二十四日　西川滿過世。
・四月一日　司法院大法官會議做出釋字第四七九號解釋憲法保障結社自由，包括人民團體的命名與變更，全國性社團可以冠「台灣」名號。
・六月　《亞洲週刊》「二十世記中文小說一百強」：吳濁流《亞細亞的孤兒》、陳映真《將軍族》、王文興《家變》、黃春明《兒子的大玩偶》、賴和《惹事》、王禎和《嫁妝一牛車》、鍾理和《原鄉人》、鍾肇政《台灣人三部曲》、姜貴《旋風》、朱西甯《鐵漿》、聶華苓《桑青與桃紅》、林海音《城南舊事》等獲選。
・九月二十六日　龍瑛宗過世。
・十月　鍾肇政獲第三屆國家文藝獎。
・十一月　葉石濤獲成功大學名譽文學博士。

二〇〇〇年

・五月四日　林海音獲中國文藝協會「榮譽文藝獎章」。
・五月二十日　台灣第一次政黨輪替。
・七月　陳芳明與陳映真的「後殖民史觀」論戰：

一九九九年八月，陳芳明在《聯合文學》發表〈台灣新文學史的建構與分期〉，作為他《台灣新文學史》計畫的第一章。陳芳明指出台灣新文學運動，從發生到現在，穿越了殖民、再殖民與後殖民等三個階段，即他的「後殖民史觀」。

二〇〇〇年七月，陳映真在《聯合文學》發表〈以意識形態代替科學知識的災難〉，批駁陳芳明濫用「殖民」一詞之不當。

八月，陳芳明回以〈馬克思主義有那麼嚴重嗎？〉，陳芳明認為國民政府挪用日治時期的殖民制度與論述，形成共犯結構。

九月，陳映真再度出擊，發表〈關於台灣「社會性質」的進一步討論〉痛批陳芳明對台灣社會性質認識之膚淺與謬誤。

十月，陳芳明再拋出〈當台灣文學戴上馬克思面具〉，認為陳映真用馬克思主義「作為面具，來巧飾他中國民族主義的統派意識形態」，虛掩其「統派立場」。

十二月，陳映真以論戰已經失焦，發表了〈陳芳明歷史三階段論和台灣新文學史論可以休矣！〉，以示「論戰結束」。

最後陳芳明在二〇〇一年八月，同樣在《聯合文學》發表〈有這種統派，誰還需要馬克思？三答陳映真的科學發明與知識創見〉。

二〇〇一年

・五月三十一日　郭松棻《雙月記》獲巫永福文學獎。
・九月　葉石濤獲國家文藝獎。
・十二月一日　林海音過世。
・十二月　鄭鴻生《青春之歌：追憶一九七〇年代台灣左翼青年的一段如火年華》出版（聯經）。
・郭松棻《雙月記》出版（前衛）。

二〇〇二年

・三月　陳千武翻譯張文環百萬字日文作品《張文環全集》由台中縣政府文化局出版。
・八月　郭松棻《奔跑的母親》出版（麥田）。
・九月　陳千武獲第六屆國家文藝獎（新制）文學類獎項。

二〇〇三年

・十二月　《陳千武全集》由台中市文化局出版。

二〇〇四年

・二月　聶華苓《三生三世》出版（皇冠）。
・十一月　葉石濤《台灣文學的回顧》出版（九歌）。

二〇〇五年

・一月　葉石濤《一個台灣老朽作家的五〇年代》出版（前衛）。
・七月　《印刻文學生活誌》「郭松棻專輯」。
・七月九日　郭松棻過世。

二〇〇六年

・六月　陳映真應中國人民大學邀請，擔任客座教授，定居於中國北京。

二〇〇七年

・十二月　尉天驄〈理想主義者的蘋果樹——瑣記陳映真〉，《印刻文學生活誌》第五十二期。

二〇〇八年

・十二月十一日　葉石濤過世。

二〇〇九年

・八月二十二日　聶華苓獲馬來西亞星洲日報頒發第十屆花蹤文學獎「世界華文文學大獎」。

・九月二十六日　「陳映真創作五十週年國際學術研討會」於國家圖書館國際會議廳舉辦（趨勢文化基金會與文訊共同主辦）。

二〇一〇年

・六月　七等生獲第十四屆國家文藝獎。

・六月　中國作家協會決議通過讓陳映真加入，並給予中國作家協會第七屆全國委員會名譽副主席之職位。是繼金庸之後，第二位非中國大陸籍的名譽副主席，也是首位加入此協會的台籍人士。

二〇一一年

・五月　聶華苓《三輩子》出版（聯經）。

・十一月　陳芳明《台灣新文學史》出版（聯經）。

・十二月　尉天驄《回首我們的時代》出版（印刻）。

二〇一二年

・四月二十日　陳千武過世。

・七月　郭松棻《驚婚》出版（印刻）。

二〇一三年

・六月　陳明成《陳映真現象：關於陳映真的家族書寫及其國族認同》出版（前衛）。

二〇一五年

・七月　季季《行走的樹：追懷我與「民主台灣聯盟」案的時代（增訂版）》出版（印刻）。

・十二月　桃園市文化局開辦「鍾肇政文學獎」。

二〇一六年

・十一月二十二日　陳映真過世。

・十二月十日　文訊主辦「人間風景陳映真」活動（座談會、展覽），第二場座談會於隔日舉辦。

二〇一八年

・六月　王鼎鈞《文學江湖：王鼎鈞回憶錄四部曲之四》出版（印刻）。

二〇二〇年

・五月十六日　鍾肇政過世。

・十月二十四日　七等生過世。

・十二月　《七等生全集》十三冊出版（印刻）。

國家圖書館出版品預行編目（CIP）資料

他們沒在寫小說的時候 : 戒嚴台灣小說家群像 = When they were not writing novels : portraits of novelists from Taiwan under martial law/ 朱宥勳作 . -- 二版 . -- 臺北市 : 大塊文化出版股份有限公司 , 2023.09
面；　公分 . --（mark ; 165）
ISBN 978-626-7317-63-1（平裝）

1.CST: 臺灣文學 2.CST: 臺灣小說 3.CST: 文學評論

863.27　　112012226

LOCUS

LOCUS

LOCUS

LOCUS